鲁迅文学奖获奖作家自选集

刘笑伟　主编

诗　集

花重千钧

刘笑伟◎著

中国言实出版社

图书在版编目（CIP）数据

花重千钧 / 刘笑伟著. -- 北京：中国言实出版社，
2024.6. --（鲁迅文学奖获奖作家自选集 / 刘笑伟
主编）. -- ISBN 978-7-5171-4834-0

Ⅰ. I227

中国国家版本馆CIP数据核字第2024TE5288号

花重千钧

责任编辑：张国旗
责任校对：宫媛媛

出版发行：中国言实出版社
地　　址：北京市朝阳区北苑路180号加利大厦5号楼105室
邮　　编：100101
编辑部：北京市海淀区花园北路35号院9号楼302室
邮　　编：100083
电　　话：010-64924853（总编室）　010-64924716（发行部）
网　　址：www.zgyscbs.cn　　电子邮箱：zgyscbs@263.net

经　　销：新华书店
印　　刷：北京铭传印刷有限公司
版　　次：2024年10月第1版　　2024年10月第1次印刷
规　　格：880毫米×1230毫米　　1/32　　7.625印张
字　　数：140千字

定　　价：59.00元
书　　号：ISBN 978-7-5171-4834-0

总　序

文 / 徐贵祥

　　2023 年八一建军节之际，欣闻中国言实出版社正在组织编纂一套"鲁迅文学奖获奖作家自选集"丛书，而且第一批十一卷本即推出十一位军旅作家的作品，感到十分振奋和欣喜。

　　鲁迅文学奖是体现国家荣誉的重要文学奖之一。中国言实出版社"鲁迅文学奖获奖作家自选集"丛书收录了走上中国文学圣殿作家的获奖作品（节选），以及由作家本人精选的近年来创作的代表作。每一本"鲁迅文学奖获奖作家自选集"既是对现实生活的生动写照，也是对时代精神的赓续和传承，体现了文学的风骨，彰显了中国精神、中国特色和中国气派。我为中国言实出版社的胆识和气魄叫好！据我所知，在第七届、第八届鲁迅文学奖的评选中，中国言实出版社连续两届都有作品荣膺鲁迅文学奖桂冠。这个成绩的取得十分不易，可喜可贺！

尤其令我欣慰与自豪的是，第一批十一卷本以军旅作家为代表，收录了十一位获得鲁迅文学奖的军旅作家的作品。这些作品体现了近年来军事文学取得的突出成绩，展现了新时代强军兴军伟大历史进程中人民军队的精神风貌，是新时代军旅文学的重要果实，是军旅作家们献给建军百年的一份难得而珍贵的文学记忆。

军事文学是社会主义先进文化的重要组成部分，无论在艰苦卓绝的战争年代，还是在意气风发的和平建设时期，军旅作家肩负着光荣使命，弘扬时代的主旋律，倾情书写爱国主义和革命英雄主义精神，在中国文学史上留下了一部又一部难忘的经典，耸起一座又一座艺术的高峰。

新时代以来，随着强军兴军的时代步伐的迈进，人民军队体制一新、结构一新、格局一新、面貌一新，发生了深刻的变化，军事文学也迎来了全新的机遇与挑战。面对强军兴军的崭新实践，军旅作家们深入生活、深入基层、深入官兵，创作出一大批优秀文学作品，捕捉到反映出新时代特质的崭新意象，描绘出一系列新时代官兵的艺术形象，非常值得鼓励和提倡。这套丛书，就是对新时代军事文学的一次检阅。

我想，军旅作家们任何时候都不能缺失责任感和勇气，军旅文学就是要勇于攀登思想与精神的高地。军队作家要进一步"根往下扎，树往上长"，贴近基层、贴近生活、贴近官兵、贴近现实。同时，要把握世界军事格局的新变化、新动态，掌握强军训练出现的一些新特点，这样才能够写出接地气、有温度、有力度的军事文学作品。

"鲁迅文学奖获奖作家自选集"丛书给了军旅作家这样一个展示军旅文学最新成果的平台，善莫大焉。相信这套丛书一定能够得到读者的喜爱！

2023 年 8 月 1 日于京郊

（徐贵祥，中国作家协会副主席、军事文学委员会主任，茅盾文学奖获得者）

目 录 CONTENTS

第一辑 岁月青铜

（鲁迅文学奖获奖作品节选）

第二辑 花重千钧

第四辑 士兵的大堰河

附　录

| 第一辑 |

岁月青铜

（鲁迅文学奖获奖作品节选）

坐上高铁，去看青春的中国

一

是的，又到了启程的时刻

第一百站，我还在回味

逝去岁月的风景。已经足够辉煌了

那些诞生于真理中的火焰

星星之火，点燃了那片沉睡的土地

多么辽阔啊，像信仰一样

那些金色的信仰，那些燃烧在

枪林弹雨中的牺牲，那些隐藏在

历史褶皱里的，被光阴挖掘出来的

闪亮，让我持续地感动

我无法——诉说，却值得自己一生珍藏

让信仰之光照亮前行的路

让热血的流淌，给生命带来感动

二

是的，又到了启程的时刻

坐上高铁，去感受沧桑巨变

在时空中穿梭，以飞翔的姿态

岁月深沉，种下的一颗初心

在古老土地上迅速发芽，茁壮成长

眼前的风景已让我认不出

欢歌已代替了悲叹

笑脸已代替了哭脸

富裕已代替了贫穷

友爱已代替了仇杀

生之快乐已代替了死之悲哀

明媚的花园已代替了凄凉的荒地

让我感动的，不仅是那些高楼大厦

还有那些细密的乡愁

不仅是人们的笑脸和富裕的生活

还有绿水青山堆起的金山银山

一路的风景，让人感叹不已

变化太大了，让人认不出

这个百年之前，还在油灯与柴火之下

呻吟和饥饿的中国

三

是的，又到了启程的时刻
坐上高铁，去看充满生机的中国
这宽敞舒适的空间，是中国的
汹涌澎湃的动力，是中国的
复杂灵敏的操控系统，是中国的
高效率的调度与繁忙的节奏，是中国的

我看到天空变得越来越湛蓝
行驶在广袤的大地上，风像早晨一样
清新。小河如蜂蜜在地平线上闪着光
我看到早起的人们，背负着纤细的梦
在田野上，在车间里，在工地上
种植大片的阳光。我看到越来越年轻的声音
在天空中飞翔，带着散着香气的胚芽
正在突破黝黑的泥土
准备点燃光的版图
我看到无数个创意的翅膀
在翻滚的浪花间滑翔

准备登陆梦幻的海岸

四

是的，又到了启程的时刻
坐上高铁，去看青春的中国
这一站到达的是"抗疫"站
这里青春的面孔，深深地打动了我
这些脸上依然带着稚气的孩子
正肩负起民族的重任。脸上密密的汗滴
诉说着一个又一个惊心动魄的故事
厚厚的防护服，筑起一道连绵起伏的堤坝
筑起中华民族健康的屏障

这一站，到达的是"科技"站
中国人的梦想，璀璨得让太空升起
多少颗闪亮的星星。梦想的金色大厅里
歌声越来越充满青春的力量
放飞神舟，让年轻的梦一飞冲天
在太空中印上大红的中国印
放飞嫦娥，让中国人的神话
在月亮之上，真实上演

还有更多的梦想，更多的希望
比如登上月球，建起空间站
这将是用中国人的科技，一米一米
托举向太空的自豪

这一站，到达的是"脱贫"站
"一个都不能少"，是中国共产党人的
铮铮誓言。在茫茫大山中，种下一粒种子
在茫茫戈壁滩，挖一眼甘泉
八年时间，近一亿人脱贫
这是书写在世界脱贫史上的人间奇迹
东部与西部携起手来
中央单位加入其中，军队加入其中
12.3 万家民营企业加入其中，参与"万企帮万村"……
涓涓细流，汇成奔腾的大河
浪花挽着浪花，向着波涛壮阔的大海进发

    五

是的，又到了启航的时刻
七月，把山川溪流都染上金色
光芒四射，光在种子里奔流

光在麦穗里激情行进

光在大地上播洒青铜的旋律

光在旗帜上书写璀璨的荣光

坐上高铁，去闪回岁月

从一艘小小红船，成长为巍巍巨轮

一百年光阴，在一个政党的手中

每一秒都辉煌灿烂

惜墨如金的巨笔，在古老中国尽情挥洒

一个庄严壮丽的国度

一个大气磅礴的国度

一个朝气蓬勃的国度

一个青春不老的国度

在亿万双勤劳的双手中

一代代逐渐打磨成型

绽放出瑰丽的光芒

青春中国啊，山峦在朝阳间

大声地朗诵时光的云朵

草原舒展，雨点的手指

在草尖的琴键上弹奏绿色的交响

南国的椰林、木棉，在热气腾腾的早晨

——苏醒，成为春天史诗的一部分
新疆的棉花，纯洁无瑕，温暖如初
在大地上燃放七彩的焰火
珍珠般的南海小岛，唱出爆破音
汇入了豪迈雄浑的七月大合唱

七月，镰刀收割着金色的希冀
锤头击打着青铜的天空
群星璀璨，照彻天宇，每一颗星
都吟唱出一百年的青春
一百年的古老，一百年的牺牲
一百年的奋斗。清澈的爱，只为中国
你和我，用疾驰在大地上的爱
共同见证，一百年的
盛满光明和激情的盛典

六

是的，又到了启程的时刻
让高铁穿越春风呼啸的中国
穿越浩荡的平原、山川
穿越怀揣梦想的草木、森林

穿越大风中歌唱的鸟群

穿越抒情诗般明亮而多情的炊烟

穿越梦想的心跳，在十四亿颗激荡的心间

共同蓬勃跳动的金灿灿的希冀

穿过激流险滩，穿过千难万险

凤凰涅槃的中国，青春壮丽的中国

生机勃勃的中国，热泪盈眶的中国

一百年冲刺后，再次出发的中国

前方，那个光辉的站台已逐渐清晰可见

那个站名已被我们的梦想大声朗读：伟大复兴！

我的军旅诗

阳光猛虎般进击，大地上色彩斑斓。

可见落日照大旗，

可见铁马碾秋风。

我的诗歌追求这样的气象。

即使是夜晚，

也要光如白昼、月照花林。

即使是冬天降临，

也要汗珠滚动、暗香袭来。

硝烟是芬芳的。

弹道是唯美的。

夜训的呐喊声高于一切繁星。

我的诗歌里，需要带着枪刺寒光的意象。

血性，阳刚，每一个汉字

都自带着蓬勃的心跳。

有战士细微的表情和呼吸。

有钢铁绽放的流泪的格桑花。

有雄性高地上

一只雌性蝴蝶扇动的燥热的黄昏。

有黄河倒映在蓝天上的每一条支流。

有高铁巨舰托举起的每一朵芳香的浪花。

我把在军旅岁月走过的路、吃过的粮，

全部化为体温，化作酒，

折叠出纸上蜿蜒曲折的诗行。

移防之夜

只有今夜，我才感觉身如壁虎。
头倒悬着，紧贴着墙壁一角，
身材矮小，面对你和孩子的爱。

你的泪水流成一条青蛇，
一下咬在了我的尾巴上。
我一阵剧痛，尾巴总是要断的——
且让它挣扎一会儿。

你的目光里含有冰块，
不断撞击着我的脸颊。
你向我展示孩子的眼睛，
乌黑，透亮——在我手掌中
变成一粒透明的种子。
我把它揣在怀里，
听到心中有七匹金色的小马驹驰过。
是的，金色的小马驹。
这漆黑的夜晚里空无一人，

只有马蹄声碎。

亲爱的，我挚爱的团队重塑筋骨，
如今，它扇动强劲的翅膀，
将向更高远的地方飞去，
每一片羽毛都要收藏一阵飓风。
亲爱的，你读过《庄子》，
直上九万里，需要巨大的羽翼，
更需要阔大的天空。
我要振翅高飞，实现更高远的梦，
像鲲鹏，羽毛上刻满雷霆和闪电。

失去团队，就如同失去风和天空。
所以，我要走，就在今夜。
亲爱的，我现在就变成一只壁虎，
请你紧紧咬住我的尾巴——
让我剧痛，
也让我重生。

你张开双臂

春天的泪水
载着时光列车抵达我的眼眶
一声汽笛里，苍老的野草已悄然吐绿

雪还在下，湖水依旧湛蓝
山还在耸起，头上长满孤独的白发
一只鹰还在天空激荡，抓举起万丈长风

一张薄薄的纸也可以掀起波澜
我看到你的背影呼啸而来
像子弹，击中了我的心跳

大多数时候，界碑
是一块庄严站立的石头
而此刻，山石也渐渐有了奔跑的体温

你张开双臂
绵延成一座巍峨的喀喇昆仑
让我们在春风里一次次仰望

复　活

军旅诗也有舒缓之时
当士兵们小憩，远山头顶着清泉
以泠泠作响造句
几朵山花染绿纸上一角
那意境妙不可言

旋即，风格转换
语言的蒙太奇
解读大漠孤烟
直抵长河落日
英雄情结——复活
腰下之剑舞动楼兰之风
甲光向日咏叹金鳞
一组组词语的雷霆
伴着闪电，在笔尖闪亮碾过
那意境同样妙不可言

与玉龙雪山对饮

是酒，也或许是茶
是什么并不重要
这是一种人生庄严的仪式
坐下来，用自己沧桑的青春
与玉龙雪山对饮

青春是山脚铺张的草甸、青松
中年是山腰孤傲的云杉、冷杉和红杉
再向上，老年就只剩下石灰岩、玄武岩的黑
还有冰川的白

有岩石的语言
有云朵的修辞
高处不胜寒，却盛产让人噙着热泪的诗
你永远揭不开她的面纱
却永远被她吸引到天荒地老

头顶的雪花，顺着额头融化而下

一泓浅蓝色的湖泊
倒映着玉龙雪山的青葱岁月
和你忧伤的琴曲

取一瓢饮，雪水甘洌
如酒，亦如茶
与玉龙雪山对饮
渐渐地，你也成为一座雪山
头上渐渐生出白发
冷若冰霜，又热烈如初恋

大片的歌声

士兵的嗓子是辽阔的黑土地
里面栖息着大片大片的森林

士兵的嗓子是深厚的黄土高坡
金黄金黄的小米在嗓音中闪现

大片的歌声，仿佛大漠上分明的马群
饮着一泓亮晶晶的月牙泉

大片的歌声，在士兵的嗓子里奔涌
宛若黑蓝的海浪拍打着日落时的海滩

大片的歌声燃烧着最后的激情
形同绚烂的野火转向茂密的植被

大片的歌声在风中燃烧
采集着大量的阳光，为疲倦的落日送行

士兵们聚在一起，扬起青铜的号角
压低黑暗，使自己高于浓浓的夜色

昆 仑

一

一直在等待一首诗的到来

在那最初的原点，细流潺潺
拉响了高山。野鸟点燃了大漠孤烟
这是我诗中的语言吗
是我诗中的意象吗

起伏的峰峦，宛如思绪
树林和山涧是思考的产物
进发出泠泠脆响。花的语言五彩缤纷
与云朵相互押韵。不远处，雪峰林立
让人一眼经历两个季节：春日与冬天

我是粗犷的，也是温柔的
冻土与冰川，捧起湛蓝星空与一弯新月

裸露在大地上，连绵数千里
像一部长达数万行的民族史诗
被仰望者日夜吟诵

二

一直在等待一首诗的降临

内心里是冰，也是熔岩
是冻僵的火，是火中的战栗
是野性的平仄，是尖锐对立的
颈联与额联。簇拥着点地梅、虎耳草
这是诗中意象最有生机的部分
而冰层破裂，山泉喷涌的意象
在蓝空中，形成一把把冰刀
刺向突兀晴空里的湛蓝

云朵出现了，这是抒情的必需品
是诗歌朗诵最动人的片段
虚无缥缈间，满头白发的布喀达坂峰
让时间渐渐有了怀念的意义

三

一直在等待一首诗的降生

昆仑之所以谓之昆仑
不是因为石头，而是因为精神
不是因为苍凉，而是因为坚守
不是因为绵延上万年，而是因为
一代代戍边军人在这里留下的
身体。在这里大声朗读历朝历代的
连绵起伏的边塞诗

在这里戍守久了，肌肉会像岩石
岩石也会有肌肉的质感与体温
这是坚韧的力量，沉默的力量
把一万吨雷声压进胸膛的力量
把一种信念托举到
天空和太阳之上的力量！

那一天，我炽热如血，又冷峻如霜。

就这样，一首军旅诗诞生了

标题是两个散发异香的汉字：昆仑

朱日和：钢铁集结

这是战斗的集群在集结，
在辽阔的、深褐的大漠戈壁疾驰，
翻腾起隆隆的雷声。
犹如夏日的篝火，用暴雨般的锤击，
为祖国送去力量和赞美。

这是战斗的集群在集结。
金属浸透迷彩，峥嵘写满军旗。
中国革命的果实，在我们思想的丛林
扎下深深的根：长征，依旧每夜
在灯光下进行，延安窑洞的烛火
响彻我们灵魂的四壁。

我们是中国军人，
是绿色的海洋，是枪炮所构造的
金属的鸽子，是夏日乐章中
最热烈的一节；是峭壁上的花朵和黄金，
是转折关头升腾的烈焰，

是凤凰涅槃般的浴火重生。
我们守卫着黄河的古老，
守卫辽阔的海洋和天空，
以及敦煌壁画的色彩。
我们热爱的云朵，垂下雨滴
守卫祖国大地上每一粒细微的种子。

这是战斗的集群在集结。
电磁的闪电蓄满山冈，
巨舰驶向深蓝。
我们是深山密林内，大漠洞库里，
直指苍穹的利剑，
是冲击蓝天的极限飞行。
是惊涛骇浪里，潜在最深处的
无言的威慑。我们是神舟，是北斗，
是天河，是天宫，是嫦娥，是蛟龙，
是写在每个中国人脸上自豪的微笑。

这是战斗的集群在集结。
我们是强军征程上，品味硝烟芬芳的
年轻的脸孔；是迈向世界一流的
热切的渴望；是热血开在身体外的

漫山遍野的红杜鹃。

只要有古老的大地，只要有复兴的梦想，

只要有美丽的人流和耸立的大厦，

我们就会永远用警惕的姿势抗击阴影，

只要有祖国的概念，只要有和平与爱情，

我们军人的意义就会永远

在大地上流传，绵绵不绝。

| 第二辑 |

花重千钧

花重千钧

春天很轻
轻不过你的眼神
而此刻　花重千钧
压弯了地平线

诗画厦门

古老的
有翱翔千年的白鹭之剪影

现代的
有飞架大海的雄心与桥梁

坚硬的
有胡里山筑起的兵营和炮台

柔软的
有海风在琴弦上踮起的脚尖

缓慢的
有社区午后一杯咖啡的思绪

迅速的
有四十年不断攀升的数字与激情

唯美的城，和谐的城
浪花，都踩着金色的鼓点

年轻的城，诗画的城
不舍的情，彻夜在笔尖下涌动

在滨海绿道长出鳃

张开双臂，让风的海水穿过躯干
滨海绿道，如波浪的排比句
一点点铺陈，一句句抵达内心
呼吸着绿油油的海风
脸上长出鳃，背上长出鳍
与鱼群和牡蛎一起
在山海之间大声地朗诵自由

在滨海绿道长出鳃
与波涛和烟霞一起畅游
这最优美曲折的海岸线
沙滩如一本诗集的封面
阳光下，一句句打磨过的语言
组成金色的石子
铺满海岸，倾听大海深处
一定隐藏着那句最美的诗

流畅的语言，完美的修辞

我在这里吐出的每一个句子

都将如太阳金灿灿的种子

被大海一点点收藏

长屿硐天

有移山的志向，但不去搬动它
而是把山，作为巨型雕塑的一部分
一点点用钎子凿，用锤子敲
电光石火之间，隐藏着千年时光

这些匠人们，都是艺术大师
以恢宏的气魄，取走上亿立方的石材
也留下上亿立方的大美
"虽由人作，宛若天成"
这里的每一块巨石
都没有匠气，只有匠心

有移山的志向，但不去搬动它
这些伟大的匠人们
一锤一凿之间，让山有了心跳
让巨石慢慢生出自己的容颜

七彩小箬岛

赤，飞翔的朝霞染红了全部的屋顶

橙，古老的泊船载回些斑驳的记忆

黄，涂抹百年老宅与混沌的海水

绿，树叶上托举起一片微小的春天

青，年轻的脸，与那次难以释怀的相逢与别离

蓝，天空与海平面在无限远的地方窃窃私语

紫，七彩小箬岛最后的一种颜色

在"网红"的词语里叫作：红得发紫

千年曙光碑

在石塘，在曙光园
每一次徜徉，都流淌出诗意
每一句诗，都带着心跳
每一声脉动，都在迎迓光明

第一缕曙光，点燃了千年阳光
浓缩在这座高耸的石碑里
让整个石塘，金光闪闪
让整个温岭，一下子跃出了地平线

春之谣曲

都别吵了。喧闹的
都是临近老去的声音
而更年轻的胚芽
正在执着于更为广袤的
万物互联的世界
听花蕊初开的甜蜜谣曲
看蜜蜂的翅膀在屏幕上抖动

都别吵了。喧闹的
都是临近老去的声音
嘘——世界正在手掌上
微微发热。文字已然老去

羽毛上的丽江

两句三年得，
一句写丽江。

丽江是轻盈的，
如墨，缠绕着我的笔尖。

没有合适词语表达，
索性放下笔，飞向梦幻的蓝月谷。

静观杜鹃捧起云杉，
云杉邂逅白云的轻。

她，就站在一片羽毛上，
一粒雪花，覆盖了玉龙雪山。

一个动词，一个形容词，
还有一个尖叫的丽江。

飞花小径

古城斑驳，街巷如婉约词
阅读千年之后的你
惊艳于背负蓝天的七色雨伞
用花开的姿态，缓缓撑开八月

八月，严冬与盛夏在这里握手言欢
和谐如雪山与火焰，冷酷与激情
你所期盼的细节，隐藏在金沙江优雅的
一个转弯处。这是一个天大的秘密
在丽江，总有夜晚与你分享

我知道回不去了
一次，即是一生
我的眸子就是蓝月谷
凝望白云与桃花
一滴清澈的泪
散作一场说来就来的
细雨。透明的轻盈的软软的甜蜜的

话语啊，哪一句是我的

哪一滴是我的

载不动，许多情

丽江故事

我从玉龙雪山顶
扯下一片白云
系在你多年前的粉颈上
告诉你这不是皇帝的新衣
而是一方最美的白纱巾

隔着时光打磨的泪眼
在轮回的人海中又看到了你
那条白纱巾依然完好无损
像洁白的哈达
具有一种浑然不觉的美

君子之品

君子的养成，需要水

加上泉水般的甘洌

需要粮，粮的营养与醇厚

还需要磨炼的过程

比如粉碎，像天降大任

必须让你粉骨碎身

比如搅拌，让生活的琐事

慢慢打磨你的性情

让你满头大汗之后，还要收汗

安静你麦粒般点燃的心

更要把你转运到人生的另一磁场

打磨，封闭，发酵

再将适中的水

均匀涂抹在麦堆般的身体上

——这是道德和品质的加入

然后就关闭，关闭所有的门窗

让道德之光慢慢浸润

身体沉入暗，寻找光。再上下翻动
在内心中转换彼此的位置

哦，终于出炉了
去掉一切人生的杂质
慢慢养心，慢慢让自己变得清纯
再过六道修炼的关口
让自己变得醇厚

出关后，头顶碧玉、新月与河流
这是一个多么庄严的仪式
一个君子诞生了。羽化成仙
如此清澈，如此宽容，如此和谐
举起酒杯吧
用一生的时光，去慢慢品味

重读赤水河

赤水，含沙量高
水色赤黄，在两岸青山中
一枝独秀

赤水河，光彩神奇的浪花
在二郎滩的峡谷间跳跃
这朵浪花，如一段乐谱
在胜利与失败之间
在灵活与呆板之间
在蜀山与黔水之间
跳荡，让莽莽群山
让苍翠树林
让氤氲在河畔的酒香
都染上了一层传奇的色彩

解读青杠坡

青，青年的青，青春的青
杠，较粗的木，硬气的杠
坡，上坡的坡，下坡的坡
新中国如此众多的重要人物
那一年在这里鏖战
青杠坡，是以青春的力量
与国民党军硬扛的一仗
这一仗
让中国革命，走向了上坡

制曲车间

不用到现场，只闻一闻味道
就知道这里的香
这是劳动的香，虔诚的香，精益求精的香

当我们步入其间
那蕴含无数粮食的酵池
向我们打开劳动的羽翼
酿造感动的一滴滴泪水

其实，我们的人生
最需要的就是制曲的环节
不温不火，不急不躁
放下一切，拥抱最纯净的心灵之水

从一朵花中，我找到整个春天

从一个灯杆
可以连接到 Wi-Fi
从一个站牌
可以计算出要抵达的距离
从一个智慧步道
可以找寻健康背后的密码

一个传感器
让口渴的植物呼唤水滴
一个信息平台
让车辆寻觅到最佳的出行
一朵闪烁的花
让我找到了整个春天
这是一个数字化的花瓣
在电脑屏幕之上绽放

在无锡鸿山，万物互联
多么富于诗意

正如写出大诗的人

可以找到所有词语之间的关联

一个汉字就是一个代码

一个词组就是一道数据

数字世界和物理世界

就这样巧妙连接

相互关联，相互沟通

让诗意在万物之上隐隐闪现

种子绽放，让我看到未来最清晰的模样

"至德鸿山，物联世界"
请用这八个字
打开物联网小镇展示中心
那扇历史与未来之门

视觉的星辰，沙盘的动感
一幅幅电子画卷跳跃
让我的每一声心跳
都敲打着科技的鼓点

生产、生活、生态
在这里奇妙地融合
从经济到民生，从家居到环境
都有科技的光芒细细打磨

数字连接万物
信息通达智慧
正如神经与肌体相伴

滋生出一座小镇的灵与肉

一座展厅就是一滴雨水
一个小镇就是一粒种子
雨到鸿山，种子绽放
让我看到未来最清晰的模样

古老与现代，在诗句里对谈

考察吴文化

离不开鸿山

从泰伯断发文身

带领先民开凿伯渎河起

时光度过几个千年

岁月河面上，波纹古老

宛若飞凤凝固于玉中

吴文化的烟火

拨亮一座江南都市

烟柳画桥间

掀开历史的风帘翠幕

今人拜谒古人，呈上心声和花朵

我们与高楼大厦对视

一再地举案齐眉

遗迹是未来的延续

正如鳞次栉比的高楼

是历史隆起的骨头

在这里，我找到的所有蛛丝马迹

都提醒我保持对未来的敬意

最古老的与最现代的

从断发文身到物联网

从玉飞凤到智慧小镇

通过我的诗句

在这里反复对话，水乳交融

诗意的春风，吹绿江南堤岸

烟雨苏州，梦幻的光芒
古老的城门，又一次打开
千年的谚语，在这里延续
"上有天堂，下有苏杭"

这是来到苏州的诗人
发自内心的感受
古城焕发出的现代气息
辉映着工业园从设立到发展的传奇

坚守着历史，也引领着未来
自主品牌与现代科技相互携手
描绘着和谐宜居的新时代画卷

来到苏州工业园，诗人们
宛若再一次在天堂里徜徉
让内心的诗句吹绿江南堤岸

它的身体里藏着大片阳光

走进协鑫未来能源馆
多晶硅、光伏板组成的世界
诗的韵脚也可以随着能源一起绽放
成为诗中跳动的火焰

穿着太阳能的外套，这座结晶体
身体里一定藏着大片的阳光
正如诗的形成，一定在诗人心中
藏着大片的诗意，才会等待灵感的降临

我在每一片芯片上找寻阳光的诗句
当绿色能源走入未来生活
清洁的天空，该隐藏着多少诗情画意

科技真是一种神奇的力量
他们把阳光藏在这里的每个角落
正如把诗句藏在心底，等待燃烧

金鸡湖畔，绽放一片嫩叶

心情，是寂静春夜里
生出的一片嫩绿的叶子
从金鸡湖畔感受这片叶子的光芒
氤氲着照向远方

和此前的体验都不一样
在这个工业园区，没有更多的高楼大厦
也没有多少喧嚣和嘈杂
更缺少想象中机器的轰鸣

一片树叶掉落在湖面上
听到细微的声音，我的身体也滴入
这片属于未来的大美之城

就像叶片找到了绽放的枝头
我的抒情诗，也在这静静的夜晚
找到了可以栖息的故乡

小笼包的香气，打开一个早晨

小笼包的香气，打开一个早晨
在邻里中心，一切都那么熟悉
又那么温暖，办事也不需面对窗口
而是坐在相邻椅子上，如促膝谈心

在这里，自行车的轮胎可以找到打气筒
儿童可以找到漂亮的玩具
渴求知识的手，可以觅到书籍
而梦想，可以找到一双翅膀

生活富足了，人们更需要精神
正如花朵绽放后，蜜蜂更需要
花尖上那一点点蜜

景城民众联络所，这里四季温暖
才会培育出"老帅哥"艺术团
让老人们在退休后，还一次次抵达春天

金色的声音从这里溢出

金鸡湖畔，打开一扇门
金色的声音从这里溢出
迈入金鸡湖音乐厅
这把苏州折扇，让声音有了质感

柔软的音乐，丰满的声音
在此刻洒向每一个角落
苏州评弹与交响乐，舞龙与芭蕾
可以在这里完美地交融

迈向更高处，看到一座园林里
有一段折射千年时空的墙壁
一颗珍珠，从这里分娩而出

物质，一定要与精神相伴
正如月亮，一定要有月光相伴
才会如此优雅，如此打动人心

春日雅集

那一天，扬尘奇妙地渐渐安静下来
吱呀一声，春天挤过门缝
变成四合院中的香榧、花朵和碧绿池水
窥探着金陵十二钗的纸上传奇

心情需要各种形状，就像制作紫砂壶
把芳香泥土细细打磨成春色
在玄一精舍的红木桌上聚集
被千年香榧龙井的气息一点点缠绕

春天的声音，随着薄如纸片的茶芽
在玻璃杯中扑簌簌落下
好友们陆续用春天造句
得出一个典雅的意象：玉清茨

春天是发动机，点燃了屋外全部的叶片
春天是演出队，让我们坐下来慢慢赏析
春天是一次雅集，"紫砂诗意伴茶香"
尔后，春风浩荡，大家咏而归

宁德，新时代意象

一个时代

有一个时代的意象

譬如盛唐

有春江花月夜

更有直立的大漠

以及雄性的边关

在宁德

我一直在寻找新时代的意象

它不是黄鞠故里

千年前刀劈斧凿出的引水渠

亦不是鹏程古街

墙面斑驳的明清古宅

也不仅仅是霍童溪

那清澈溪水唱出的童谣

抑或翠绿竹林里

飞鸟对云与水的玄妙解读

这个意象是气魄宏大的
譬如念了几十年的"山海经"
让一滴滴水穿过
时光之石的那种坚韧

这个意象是飞速向前的
譬如随着飞驰的高铁
一起阅读青山与海岸
在三都澳的洋面上
浏览一座座海上牧场里
波涛与鱼群的诗意

这个意象更是壮美灿烂的
当我漫步于南湖之畔
看着彩色的桥跨越时光
托举起一个摆脱贫困的宁德
"孔雀开屏吧
徐徐打开城市绚丽的灯火"

钢铁与诗

——印象马鞍山

一

最坚硬的

是钢铁

最柔软的

是诗

马鞍山

就是这样一座城

把坚硬与柔软

钢铁与诗

如此巧妙地融为一体

二

这座城

不缺钢铁

即使在夜间

你也可以感受到

红色的铁水奔流

焊花闪烁成点点星光

钢铁的夜空

燃烧得如此绚烂

孔武有力的楼群

弹奏铮铮铁骨

让这座江东之城

渐渐有了"第一"的气魄

三

大江东去

渐渐走进繁华

进入新时代

高楼大厦已不是城市的名片

静谧才是

和谐才是

宜居才是

每一片花瓣隐藏着一句诗

每块砖瓦雕刻着一种韵味才是

在酒店顶层旋转餐厅
我打量着马鞍山
每一个角落
都如此耐看
春风浅绿
微雕着春天的后花园
咖啡与茶缠绕的香气里
隐居着一座城

四

这座城
跳跃到凌家滩时
才显得如此古老
精妙的玉雕
尘封的神秘符号
一点点走向落日余晖
与天上的星辰
——对应

历史深处

一定有一片篝火

隐藏了先民的狂欢

也一定有一座城

沉浸于夜色中

久久不醒

五

城市醒来时

已有鲜明的甲胄

已有苍凉的楚歌

已有闪电的乌骓马

先于雷声抵达

击中千年之后的来者

六

千年之后的来者说

此处向西

有一位太守

诗写得极为漂亮

让诗仙李白

一生都追随着他的木屐

踏遍青山

并且抽刀断水

水更流向远方

他与两岸青山相对

他让朝阳抑或落日里

摇出一片孤帆

他把 130 多首诗

化作山石　化作细流

密密缠绕着这片土地

大地上诗意盎然

韵脚纤毫毕露

他用酒香

升起一轮明月

他用诗句

托起一座古城

饮酒　捉月

终老于此

诗仙墓后

那座青山不算高

却有了千古之名

七

这里的水也不太深

波纹酷似龙的鳞片

水边。曾有一间陋室

可容一床一桌一椅

因有 81 块汉字的装修

而金碧辉煌

宽敞得溢出了长江的堤岸

八

有采石矶相守

长江的堤岸

渐有了诗意

矶上有修长的竹

有紫色的繁花

有亭台楼榭

有诗词歌赋

有彩绘书法

《上阳台帖》

一下子贴到了

我心灵的阳台

正如堤边石上

有脚印一枚

一下子踩在

文人墨客的心上

九

这座城市

有钢铁

这座城市

有诗

马鞍山

用钢铁把诗

铸在记忆里

用诗把钢铁

轻轻唱出来

写在北盘江大桥

有没有一个灵感
可以像这样跨越天堑
连接未来

有没有一个词语
可以像这样惊涛拍岸
乌蒙磅礴

有没有一个段落
可以像这样钢筋铁骨
撑起岁月的重量

有没有一首诗
可以像这样通体橘红
在高原上飞

寄给水城一段时光

如果时光可以邮寄
我一定寄给水城

寄一片月色
寄一段屏风一样的山脉

寄上午后闲暇时
在林间草坪的那段足迹

寄上纬度最低的滑雪场
那一段微微上扬的山坡

寄上一间休闲小屋
配一把橘黄色的躺椅

寄上一整个夏季的清凉
配上 19℃的气温

寄上一个温暖的身影
旁边是携手的恋人

——时光是可以邮寄的
如果用梦的方式

| 第三辑 |

所有的湖水都安静下来

塬上的传奇

塬，沧桑的塬
四壁陡峭，岁月雕刻
顶部平坦，接纳苍生
一位老人说
40 年前，这里只有窑洞
塬上一片沉寂
空余阳光和飞雪

40 年后，我们来到武功县
看到高楼与古迹齐飞
农业共商业一色
一粒粒多彩的种子
一款款富于创意的产品
从虚拟的网络走向现实世界

在塬上感受巨变
回望 40 年前大雪时节
召开的那次会议

多么富于光彩和色泽
即使在中华腹地
我们依然能触摸到
改革开放蓬勃的心跳

塬，诗意的塬
传奇的塬
曾走过持节的苏武
正走来逐梦的人群

2019：回望与畅想

倾听新年的钟声
触摸 2019 年的心跳
我的心中依次绽放
芳香、甜美和花朵

这一年
蔚蓝色的星球
旋转到东方时
显得格外雄浑有力
这一年
将有一个神圣的纪念日
紧紧联系我和我的祖国

70 年前
一条伤痕累累的巨龙
从大山的压迫中挣脱而出
发出了震撼世界的吟啸

那一年　是黑暗与光明的分界线

是屈辱与自豪的分水岭

那一年　一位浪漫的革命家

用自己独特的声音告诉世界：

中国人　从此站立起来了

那一年的鲜花

开满了广袤的大地

那一年的喜泪

迸溅在万水千山

那一年　我们把弯曲的身子

挺立得像山脉一样笔直

那一年　全中国受苦的民众

昂起了被压低千年的头颅

那一年　我们有了鲜红的旗

镶嵌着五颗闪亮的星

那一年　我们齐唱自己的歌曲

"冒着敌人的炮火前进"

响亮歌声震撼了世界

回望那一年

2019 年的畅想显得多么与众不同

2019 年

我放飞自己心中的诗句

任它们在历史的长河中漂流

这些诗句定能像巨石

被岁月的洪流

冲击出宏大而深沉的回响

我真的羡慕 2019

新的一年

青春的中国

多少人脸上有奇迹的闪光

我们都是逐梦的人

都要在自己的生命里

刻下这样一道金色的年轮

2019，我们拥抱浩瀚宇宙

广袤大地和蓝色海洋

我们在共和国的怀抱里

挥汗如雨，筑起自己的梦

生命变得多么精彩而年轻

2019，一个个闪光的日子
在我们的眼前铺展
多么富于诗意
多么充满梦想

百年大树

妈妈对我说
这棵大树
已经百年
养育这棵大树的
是特别深厚的沃土
有着几千年的文明
折射着青铜器的光泽

妈妈对我说
这棵大树
已经百年
树荫下是我们生命的居所
密密的根须
与黝黑的泥土
紧紧相拥，把一粒粒尘土
高高举过头顶

这棵大树

已经百年

依然顽强地生长

根很深，枝叶茂密

不怕风吹雨过

无畏雷霆闪电

妈妈说，看看吧

红船托举彩虹

海洋擎起天空

远航，远处有一个最美丽的梦

长大后，你就会明白

妈妈说过的话

一棵大树

已经百年

妈妈说：

我就是那片小小的绿叶

把纤细的叶脉

融入大树的年轮

我们要深深爱着这棵大树

她的沧桑，她的壮美

她的亲切，她的庄严

她的一切，都与我们有关

做通漩河里的一滴水

做通漩河里的一滴水

应该是幸福的

早上

从跌水岩瀑布出发

在河面上组一个大家庭

与水滴们手挽着手

肩并着肩

一起赏岸边繁花

春天金黄

秋天翠绿

一起随"龙"字田里

那个巨大"龙"字的笔画

婉转婀娜

一起品田野桂花般明亮的芳香

一起阅读飞瀑之书

传递书声琅琅

悠闲地流淌

中午该到了漩塘

在这里，还可以玩一玩隐身术

在地下暗河的岩缝间

坐坐滑梯

穿越般来到神奇的龙宫

漫步水上的溶洞

与龙王说说话

与深潭交交心

与刀劈斧削的奇景握握手

穿行时光隧道间

让心跳在七彩的光芒里

变成悠闲的钟

落日余晖里

一滴水完成最后的旅程

在龙门飞瀑

携带滚滚的雷声

和纵身一跃的激情

与龙宫作别

化作一缕清溪上的彩虹

人生如水

易逝却又坚韧

在贵州

在安顺

在龙宫

我把自己化作一滴水

滴入通漩河里

滴入漫漫时光

叶子，静静滑落

——痛悼李瑛前辈

您走了，带走了
静静的哨所，热血的边关
带走了花的原野
和满山红花细微跳动的心脏

大树凋零。诗坛常青树
这棵令人骄傲的树
取走了树上的叶片
生命的体温，微微战栗

您走了，带走了
一月的哀思
带走了一座诗歌的山峰
和整个料峭的初春

大树凋零。叶片滑落
向着璀璨的天宇

如此静美，庄严
宛若满天飘舞的繁星

生命是一片叶子
萌发过，嫩绿过
蓬勃过，也绚美过
现在渐渐走向安详

只要人生是有诗意的
大树就会重生，充满力量
生命的叶子，会在每个春天绽放
一再抵达绿色的枝头

手写吾心

世界上最难的一道方程式
——我终日满头大汗
却不得其解

夕阳随便在我的窗台
撒了一点黄金，蚂蚁将其搬回家去
靠的是爬行时屁股留下的气味？

这是巨大的忠实
触角和足须忠实于气味
比战斗中的精确导航更虔诚

手写吾心。这个方程式
终日憋得我满头大汗，脸都紫了
按理说，执笔之手在右侧，心脏在左侧
却没有一个逻辑法则，成为运算方法
让我总是声东击西，不得其解

欠债大师

这小子多年之前
向我借光阴
我说：一寸光阴一寸金
你还得起吗

时光不语
故作深沉状

到了这个年纪
我才想起，这小子肯定还不起了
索性就继续借给他吧

给他金山，给他银山
给他铁石心肠
给他根根醒目的白发
——兄弟，统统不用还了！

第四十九首

前面已唱了四十八首
观众听得厌倦，走得差不多了

唱第一首歌的时候
并无真情实感

唱着唱着，感觉姗姗来迟
指尖上长出兰花，眼睛里生出泪水

一首接着一首唱
从锋利的高音，唱成了低沉的中音

这是第四十九首了
我清了清嗓子，决定更投入地唱

抬眼望去，观众却只剩下一人
长着一副鹰钩鼻，冷冷地看着我

在鼓楼，吃碗刀削面

厨师的表演是精彩的
手起刀落，一片片激情燃烧的面
义无反顾扑向锅底

时光，就是这位穿着白褂子的厨师
人其实也就是那个可以揉来揉去
的面团。手起刀落，面团渐渐缩小

晚霞升起。夕阳点燃了渗透血色的
炉灶。人间这热气腾腾的大锅
开始沸腾。面快好了，客官您请！

马万水的眼神

马万水，中冶集团历史上的劳动模范。2009
年9月，被评为"100位新中国成立以来感动中国
人物"之一……

这眼神
穿透中冶的展览馆
穿透70年的漫漫岁月
穿透黑色的煤炭、金属
穿透钢钎和锤子的头颅
穿透太阳的发辫
穿透宝石隐藏在体内的铀
在马万水的眼神中
升腾为坚硬的光

是光线，也是钻头
在岩石中摩擦成岩浆与火焰
掘进，掘进
哪怕是最硬的事物

在这眼神中也化为绕指柔

奇迹来自眼神
只一眼
把怀抱中的钻头变成了钢枪
弹头穿透岁月
化作中冶的脊梁
在北京三元桥的一侧
支撑起钢铁和精神的力量

曾正超的焊花

　　曾正超，中冶员工。在 2015 年第 43 届世界技能
大赛焊接比赛中夺得金牌。那一年，他只有 19 岁……

哦，多美的花啊
一簇簇，一簇簇
开满了中冶大厦的走廊
办公桌、荣誉室

多亮的花啊
一天也不耽误
一天也不懈怠
在花园中如灯盏
依次熠熠绽放

那么多的花
那么密的花
从黑夜到白昼
从今年复明年

来到中冶

触摸曾正超焊接的钢管

感受不到有焊缝

这里平滑如水，万物归一

那一刻

我触摸到了漫山遍野的焊花

温暖的力量

——写在宁波社区的诗章

在这里，居民把生活过成了诗——丹顶鹤社区

松鹤延年，这里一定是
一个老社区。但是，银发里
同样蓬勃着生活的暖

共享客厅延伸着房间的面积
让茶香和棋艺，穿过邻里间的
心扉。银发交管队是社区
另一道独特的风景，把井然有序
像针脚一样密密缝在社区
每一个角落。花草医院
搀扶着婉转的花香和纤细的叶片
爱的气息充盈其间。一位银发老人
笑盈盈地熟练操作设备
垃圾分类，智能回收

输入密码，自动投递
手指间缠绕着一丝丝现代气息
配电箱上都印上了居民的画作
橘色的枇杷，橙黄的枇杷
紫藤在笔墨中愈加苍劲
绽放着居民对美好生活的向往

这个社区叫丹顶鹤，充盈着诗意
在这里，居民把生活过成了诗
押上了甜蜜的韵脚

青春的码头——海创社区

在这里，可以看到社区的
未来。这里的家庭
都栖居于鳞次栉比的高楼大厦
这里的日常生活
都连接着无所不在的网络
小蚂蚁书吧里，孩子们清澈的眼神
像未来一样充满色泽
安全体验馆，用神奇的科技
告诉你如何把握好

日常生活的每一个细节

还有更多空间，创业的梦

年轻人把创意一点点累积

在魔方一样的楼宇间

排列，转换，五彩斑斓

这里是一个青春的码头

时刻准备把梦想的集装箱

运向人生的各大港口

海创：大海的波浪，湛蓝的，透明的

无穷无尽的。创业像大海，

没有尽头，只有更远的无限风光

社区如风帆，永远是大海上

美丽的制高点。在海浪的起伏变幻中

大声朗诵青春的宣言

温暖的力量——划船社区

把语言熬出盐粒

那是诗

让山海点燃梦幻

那是宁波

在石板路延伸悠长岁月
那是小巷

用喜怒哀乐酿造人间烟火
那是社区

让船桨滴下的水滴点亮光芒
那是划船

让人人敞开心扉同舟共济
那是温暖的力量

所有的湖水都安静下来

在南湖那光阴磨平的湖面
去体会惊涛骇浪
正如在烟雨楼的烟雾中
寻找浓烈的硝烟
启航之时，这艘红船已完成了对立统一
头顶乌云，又身披着霞光

一切都已过去
一切又刚刚开始
那一刻，所有的湖水都安静下来
倾听镰刀和铁锤撞击的金属之音
火花出现了，让周围无边的暗
遭受电击般地闪了一下
让人们看到，那些心中无我的人
脸庞是如此清澈

那一刻，被定格在这里
红船的红，成为人间
最激动人心的颜色

湖畔诗人

整个南湖，吐露出的
最美的一句语言
就是这艘红船
所有的主语与宾语
所有的修辞
所有的比喻和象征
都开始于此
亦终结于此

我来到湖边
想为红船写首诗
秀水泱泱，踮起脚尖
这是最美的行为艺术
我们就是一个个流动的字
带着情感，带着体温
在船边徘徊、瞻望
不断地排列、组合
说不定在某一时刻

就会有一首诗
押上烟雨楼的韵脚
在碧波翠叶间出现

为红船读首诗

100 年。如果有 100 双目光
捧起南湖的粼粼波光
细细打磨激情

100 年。如果有 100 种心跳
打捞着埋藏在水里的
那一座记载着原点的小小时钟

100 年。如果有 100 个片段
在历史的峡谷中流淌
奔流向前，为了迎接这样一个时刻

100 年。如果有 100 位诗人
带着虔诚的心，拥向你的身边
为了在此刻成为瀑布一跃而下

激情如瀑。每一句诗
都含有黄金，挟带风雷
闪耀回响在天地之间

写给烟雨楼

登上烟雨楼
未见烟和雨
其实，历史的云烟
隐藏在你的内心

"多少楼台烟雨中"
品味这首诗
知你修建于五代的后晋
烟云穿透千年
至今熠熠闪光
苏轼亦曾泛舟于此
留下纷纷细雨般的诗篇
多年后打湿了我的心境
乾隆皇帝六下江南
在这里欣赏曼妙风景
也留下了不少诗篇和墨迹

烟雨楼，是真正见过历史烟雨的

1921 年 8 月的一天

它见证了一艘红船

撑开天宇，从天边驶来

那一刻，历史停顿下来

烟霞为这条船让路

细雨为这条船让路

世间所有的一切

都为这条船让路

这条红船

驶离黑暗，划向黎明

让世间所有的一切

都披上灿烂的霞光

删除与复制

——"花坡"后传

删除震耳欲聋的夏天

删除地铁到机场的奔波

删除波音客机。删除航班上

制式的笑容和瞌睡。删除接站的姓名牌

和车窗外移动单调的风景

删除入住的酒店。尽管天空湛蓝

空气清新。也删除一夜的睡眠

复制清澈纯净的光

复制棉山制造的曲线和音符

山脊线与雾霭的小夜曲

复制歪着头的白云

复制无边无际的

古老与现代的野草

复制坐在山坡上的身影

他们胸有波澜壮阔，外表平静如水

空白，是留住记忆的最好方式
正如人类的死亡，与新生
就这样：删除记忆里的一些建筑
把山西沁源的"花坡"
粘贴、保存在心房里
那片丰饶柔软之地

在通济湖畔，写一首春天的诗

岸上的繁花，是通济湖

迎接春天的诗句

每一个花瓣，就是一个

被春风染绿的汉字

闪烁着光泽和芬芳

用白云和湖水朗诵这些诗句

洁白和湛蓝对仗严谨

波光粼粼的湖水，折射晨光

平水韵的黎明，读出的波纹是平声的

掠过水面的燕子，一个转弯

让鸣叫有了仄声的意境

小桥是用来押韵的

韵脚是湖心那一片片倒影

薄雾用于抒情，远山用来造境

这精微曼妙的音韵

只有林间和水上的栈道懂得

用马桥湿地作为结尾

让繁花打开所有美丽的句子

加入春天的合唱团

你与我，都是名词或动词的一部分

在春天，漫步于通济湖

把日子慢慢写成了诗

新年抒情诗

湛蓝，只是天空的

一种抒情方式

正如飞鸟，这空中的细流

成为晴朗的一句注解

阳光向上，以拔节的力量

为红色的地平线抒情

旗帜飘扬，时光拍岸

波澜壮阔的百年

正沿着历史的河床

闪烁黄金的色泽

新的一年开始了

新的一年，蓬勃的心跳

注入了更为深邃的含义

生命的炉火，正制造光芒

温暖每一个人生的细节

把希望捧在手心

融入脉动，让每一个细微的梦

都成真。把每一个深藏心底的祝愿
都高高举过头顶
我的微笑，你的微笑
我们带着体温的呼吸
正在岁月的窗花上演绎出奇妙的图景

新年的钟声，被梦想点燃
第二个一百年
更为壮阔的画卷
正在徐徐打开
成为我们金灿灿的记忆
和越来越清晰的背景
新的时间开始了

入　口

春天的折扇渐渐打开

春光降临。在江西

在上饶，在余干，在乌泥村

你一直是春光最明媚的部分

繁茂的植物，为之证明

翠竹呈现了内心的一切

一定有潺潺流水，就在不远处

洗濯着人心中的尘

一定有耸入云天的大树，就在不远处

挺立起一个人的全部苦难和尊严

一定会有巨石，耸立在入口处

把岁月风霜刻为风轻云淡

一枝一叶，皆为情愫

一笔一画，都是人生

老　屋

角落，才是真正的中心
隐藏在光阴的深处
却自带光芒。阴影挡不住它
乌云也遮不住。甚至狂风暴雨
老屋虽破，一砖一瓦
皆可触摸到坚忍的意志
一梁一柱，都是能敲出声音的骨头

俯下身来，倾听大地的声音
泥土中才有真正的黄金
老屋前，那直入云天的大树
一枝一叶，都深深震撼着春天

翠竹简史

诗句中，翠竹有平仄、有对仗
风烟在历史中老去
清酒一杯，对着淡淡竹叶
能读出低头的谦逊
也读出平淡的滋味

夜深之时，细雨敲窗
竹林的一枝一叶，总被捧在心上
披挂雨滴的叶子，熠熠闪光
折射出史册之外

只有把自己匍匐于大地之上
才会有身影，矗立于人心
时光，残忍而多情
初心就是一种胜利
翠竹耸立其间
是装饰，也是象征

每个人的内心中

都有一座花园

住进一个枝叶园

心胸顿时阔大了许多

也清爽了许多

初心简史

郭克生，一位普通共产党员，已故全国劳动模范，江苏省扬中市联合村党支部书记。

月照花林，空里流霜。
在江畔，那一年
郭克生一定看到了
最初的江月。洁白，纯粹，
充满婴儿的光辉。
镰刀收割月色，锤头打磨月光
多么灿烂的夜！赤子的微笑
在他的脸上初生

他的每一天，都是
最初的一天。他的每一个举动
都是最后的答案。
初心是一次胜利。书写在
百姓的记忆里。让已经离去的
郭克生，一次次重返扬中
抵达那片春江花月夜

元 日
——王安石同名作古诗新题

时间的加速度

让每一个成年人

愈加触目惊心。白雪摇落

转瞬间已柳絮飘飞

春天隐藏在胡须里

冒出的时候不会刺伤肌肤

春风里有醇香的酒，有纯白的梨花

还有婴儿高过群山与星群的啼哭

没有爆竹。在无声黑白的记忆中

春雷炸响。元日，新的一年来临

我们却已面不改色

只有小女坐在春树下

看花瓣飘落，一字一句地读：

千门万户曈曈日，总把新桃换旧符。

细雨中的母亲

一滴，两滴，三滴雨
滴出矮小的屋檐
母亲重回到细雨中
那是童年的黄昏
雨滴的光，照亮了记忆
有一张瘦小的脸

母亲在等我回家
在雨中，眼神像一枚针
一定想为我缝合雨帘
雨越来越细，却无边无际
正如母亲的爱
让我用一生的重量
去回味

一滴，两滴，那不是雨
是泪，照亮我回家的路

眺　望

岁月的一缕缕幽香

在心头打开一把把锁

所有珍藏已久的画面

在新年的第一缕阳光中

孔雀开屏般，让记忆斟满酒浆

阳光的丝线

编织起金灿灿的希冀

在地平线上被人们眺望

随山脉起伏，随海洋涌动

每一个细微的闪耀

都让未来的人们充满感动

当群鸟在天空

划出一条条蓝色的河流

云朵也随之写下

舒缓的抒情诗

一段段波光粼粼的记忆

成为诗歌的韵脚

让祝福的眼神更加纯粹晶莹

让微风记住笑脸
让新启的时间在热气腾腾的大地上
刷出一道崭新的起跑线
阳光在大地上撒下金灿灿的种子
在新的一年里
总会发芽，用希望和梦想
点燃大地此起彼伏的春意

最响亮的名字

——写给退伍军人莫健的赞美诗

我可以感受到那一天的温度
虽然是冬季，心却是温暖的
我也可以感受到那一天的色彩
红色的溆浦大地，托举起的雪峰山
是红色的。曲折的溆水河是淡绿色的
打着寒战的河水，应该是冰冷的银白

我还可以看到那一天的
紧张气氛：爷孙两人掉入三米多深的
溆水河中，正在与死神进行殊死的抗争
让我把心提到了嗓子眼儿
我还可以看到那一道身影的闪电
奋力跳入河中，在冰冷刺骨的水中
托举起落水的儿童，那是一个家庭的
全部希望和欢乐

把人救上岸后，你一言不发

默默离开。你从来没有想到过
要留下名字，因为对于你来说
十二年的军旅生涯，已经把人民军队的宗旨
深深地刻进铮铮铁骨

是的，我觉得，那一天还缺少一种声音
我一直在寻找这种声音，渐渐地
我听到抖音上寻找救人英雄的
呼唤。听到了一位退伍军人
在荣誉面前的静默。渐渐地，我听到了
一种最激动人心的声音
如雷霆般洪亮，如钻石般闪耀

这种声音，是一个最响亮的名字
这个名字，加入了时代的风云
红彤彤的初心和精神的钙。加入了
亿万人民的金灿灿的希冀
这个名字，让人民至上
有了熔炉般的温度与旋律般的色彩
这个名字，感动了茂密的森林
广阔的平原，感动了蓝色的海洋
和青铜的天空。这个名字，感动了无数个人

让我们通过你，奠健

一位退伍军人，一位新时代的共产党员

让这个最响亮的名字响彻神州

中——国——好——人！

石鼓书院，写下青春的诗

夏天的风已然老去

既然翻不动书

就在阴凉处稍息、立正

教深绿的银杏树叶

喊"沙沙"的口令

禹碑亭石碑上的点画

如达达主义的诗歌

让人尚未找到解读的密码

沙场的檄文已下达

却无人读懂其中的奥妙

围观的人密密麻麻

如字迹，被岩石一点点凿进阳光

还有这面巨大的石鼓

被岁月的手术刀摘去了声音的耳朵

沙场秋点兵。秋天即将降临

难道会让"霜重鼓寒声不起"的诗句

抵近石鼓山的喉咙

不！经历了黑夜的轰炸
石鼓山的草木愈加苍翠清新
战斗的渴望，让碧波上阳光的子弹
上膛，一粒粒压进江水闪烁的枪口

2022年8月，一群年轻的诗人
走向石鼓山，像一群长着青春痘的水兵
让江水变得更加深刻
石鼓书院正像是一艘战舰
在浓密的阳光下展翅欲飞
他们就是来翻动石书的
他们就是来高声朗读蝌蚪文的
他们就是来擂响鼓这面沉寂千年的石鼓的
一边是蒸水，另一边是湘江
耒水在前方召唤
他们开动战舰
向着平庸的没有诗意的生活
——宣战

平衡的艺术

衡山，宛若一架天平
绵延数百里。衡阳之美，重在平衡
一边是蒸水，另一边必须是耒水
江水才是平衡的
一边是石鼓山，一边必须是曲兰镇
学问才是平衡的
一边是来雁塔，一边至少有东洲岛
景色才是平衡的

湘水澄澈，芳草萋萋
在船山书院，披着夕阳与水色漫步
皇皇八百万言的著作放在一边
哲学与文学的天平必然是失衡的
除非在天平的另一侧
摆上衡山的七十二峰
或许，还可以加上
我的一册薄薄的军旅诗

1692年，午时的明月
——写在王船山故居

那一年，正月初二
他，头戴斗笠，脚穿木屐
陷入大雪与严冬的重重包围

午时。湘西草堂三间茅屋内
他躺下来，头枕一轮明月
内心的光明，让一生渐渐安静

彼时，有思想的舍利形成
透明，闪光，坚硬，散落书桌
屋前荷塘，未来的莲花已隐约绽放

| 第四辑 |

士兵的大堰河

兵马俑

那一瞬间，我看到了死亡与新生。

——题记

一

最绚丽的色彩是灰。
这阔大的空间里，有时间的遗迹。
曾经的鲜红和翠绿，
无数的绽放与凋零，
都对这片灰色俯首称臣。

最大的声音是寂静。
历史的喧嚣，在此刻
已归于沉寂。冲锋与厮杀的山呼海啸
阐释静止的含义。声音在振翅翱翔，
登上耳朵的梯子，抵达天庭。

武士！如此辉煌的巨阵

隐藏于地下。黄土覆盖的

不仅仅有泉水的泠泠作响，

还有武士以光速飞驰的表情。

八千多名武士，有八千多张各异的面孔，

让历史的呼吸充满战栗，

细节的刻刀，刻下的是时间的奇迹。

一双双孔武有力的大手，

握紧地下的黎明。哦，地下

也有喷薄的日出，也有东升西落的秩序。

你们在列阵，等待着

这样一个时刻：一把铁制的镢头，

刨出了一个压抑在地下

几千年的声音，声音锈迹斑斑，

却雷霆万钧，撕开了天空和高原的声带。

里面流淌出的，是长达几万公里的

绵延不绝的惊叹。正如一束光，

穿透尘土的统治，

让两千多年前的日出，击溃沉积的黄沙，

历史的黑色鸟群四散飞扬，

新的时间，直抵新的叙事。

你们紧紧握住的黎明

一旦松手，便光芒四射

照亮在星河中轻声旋转的地球。

　　二

诞生于土。这些陶俑，根系的底座，

生长冥想的容器。高耸的骊山

用最绚丽的灯，点亮武士的腰身。

加上水。让坚硬与柔软相遇。

让柔软缠绕坚硬，使之更有韧性。

让坚硬拥抱柔软，使之愈加挺拔。

让木制的槌击打。让一摊黄泥

立起为身躯的一部分。让土在极致的摔打中

放出光，如焰火般点燃。

哪位优秀的勇士

没有在火中舞蹈！火抽取水分，

就像我们从话语中抽出形容词。

让土凝固，让土定型，

让一座座雕像的情感，

走上巅峰，共同抵抗时间的意志。

凝视的眼眸，翘起的胡须，
颔首微笑，手持兵器，
威武列阵，成为历史呼吸的一部分。
一张张色彩鲜明的脸，
在火中渐渐成形。

你们是武士，需要金属的力量
征伐遗忘，吟唱不朽的史诗。
于是，金属的声音在耳边响起，
那是金属的矛，那是青铜的战车，
那是反复打磨的箭镞，锋利无比，
把大地划出一道伤口。

作为战士，今生无法不与你们相遇。
最先进的科技，最完美的工匠，
构成了世界上最雄壮的军团。
让战旗覆盖大地，让喊杀声遮蔽天空，
文明的古国啊，是什么力量，
把世界上最强大的军队，深藏于地下？

武士的呐喊消失了，

战车的轮毂沉寂了。

一个庞大的军团，悄然隐身，

这是古老的智慧，

这是与神秘与力量的交响。

一切喧嚣都是沉寂。

死亡，让诞生延续。

你们是武士，是大地的长矛，

是时光打磨的骨头，

身怀绝技，又一言不发。

列阵于宏大的军团，吹响红色的号角，

曾经身披最璀璨的颜色，

却没人能逃过时光之鞭。

从矿石中提取最隐秘的话语，

那是一种丹赤的颜色。涂在脸颊上，

永远保持时光的神秘。

你们在等待一场烈焰。

在高温中，这赤色的颜料又将成为汞，

化作流淌的水银。

阴与阳，就这样相互对应和转换。

正如天与地，

正如沉睡与苏醒，

正如初生与死亡。

在越来越迅疾的转动中，

一个古老民族的脸庞，

呈现出智慧的轮廓。

苏醒为了沉睡。

沉睡为了苏醒。

在沉睡与苏醒之间，

人类，永远循环往复。

三

在这里，山脉与平原之间，有亮晶晶的

河流，向大地奉献一场盛大的音乐会。

午后的旷野，闪烁雄浑的旋律，

大片的林地，隐藏起汹涌澎湃的情感，

黄土发出呢喃之声。一阵风过

树叶向天空交付闪光的金币。

走在雄伟的山脉下，那一大片丘陵

向上隆起，里面深藏的秘密，

大地从未吐露。

庞大的军阵！你们沉睡于地下，

被无休止的沉寂，摘取了喉咙。

然而，步兵，骑兵，弓箭手，栩栩如生，

带有人的呼吸和体温。

将军，双轮战车，还有三号坑的指挥部，

让坑道里充满刀光剑影。

威风凛凛的阵容，横扫一切，

却又沉睡于地下。像这个古老民族的性格

隐忍，无声，却又在极致的黑暗中，

自带光芒，积蓄着煤的力量。

哦，你们的身后，是雄伟的地下宫殿，

是黄金的光，是珠玉珍宝的湖泊，

是人工的江河大海，是机械转动下

水银流淌出的光彩夺目的世界。

是人鱼膏的烛火照亮的每一个晨昏。

那地下的星星点点，与天上的星辰

交相辉映，正如在繁华的人间，

一定可以找到每一张陶俑武士的脸庞。

不！你们守卫的不仅仅是始皇帝的陵墓。

你们守卫的，是一个民族的宽广的胸膛。

向北，可以触摸到夏季雪花的飞舞，

向东，可以看到大海和雷鸣中的鱼群，

向南，抵达升腾着瘴气的高温的雨林，

向西，拥抱无边无际的沙漠和丘陵。

辽阔的沃土之上，刚刚用共同的文字，

书写着共同的文明。那些小篆的光辉，

如天上的星辰，降临人间的夜。

四

我呼唤你们醒来。地层之下

巨大坑道所覆盖的阴影。

陶俑的脸上、身体，开满的釉彩的花朵。

青铜战车上，火焰打开的七彩的华盖。

三角形的箭头上，划过暗夜的

锋利的光。武士汗水中的盐粒。

眼神中的威武节日。陶俑基座上

那些大国工匠的掌纹

和签名时被微风捕捉到的气息。

我呼唤你们醒来。那些照耀着庞大军阵的

此起彼伏的如麦穗般蓬勃的阳光。

那些崭新的叙事。那些垆土、棕红土和沙土

烧制的史诗。那些绝不重复的眉毛、铠甲。

那些细致入微的雕刻的纹路。

那些时光和氧气都摧不垮的

栩栩如生的色彩。

那些陶土中的骨骼。泥土中的黄金。

那些经过高温冶炼出的永不倒地的灵魂。

我呼唤你们醒来！

勇猛的意志。

钢铁的阳光。

恢宏的气势。

我呼唤你们醒来！

哦，新的力量。

新的希望。

新的秩序。

　五

迟钝而富饶的风，吹熟了头顶那轮

橙黄的丽日。我静立在悬满花朵的大地，
被眼前这些神秘的陶俑深深打动。
信天游在黄土中泛起，升腾
颂歌庞大的韵律经由心跳，流过我的身体。

新的意象打开了。

所有的幻想终结于此。
所有的崇敬终结于此。
你们整齐的步履，覆满岁月的青铜，
反复踏入记忆的阶梯教室。
被人仰望的文明，
黑板上那些象形文字，
让我的眼里充满热泪。

祖先的伟大智慧，
诞生于这里的每一个细节。
清风敲响的黎明，
隐藏于蜜蜂怀揣的甜蜜的针。
受孕的花粉，播撒着更为广阔的梦。
金黄的田野上，小草修建无名的城池，
草籽、草根与野火，

携手攻克明天的堡垒。

野花绽放，修复着一再陈旧的家园。

露珠降临，冲刷着梦的灰烬。

松树与柏树，郁郁苍苍地书写大地的经文，

让一个民族的梦想，深深扎根于此。

兵马俑，为了死亡。

兵马俑，更是为了新生。

六

哦，复活！这些栩栩如生的面孔，

——打开尘封已久的记忆。

血液在流动，表情在复原。

在我与你们对视的时刻，每一秒

你们都在苏醒，连同躯体内那些

熊熊燃烧的光辉的梦。

哦，此刻，兵马俑解冻的血液，

如猛虎般跃起，给天空披上斑斓的虎纹。

新的朝阳升起，朗诵雷霆般金灿灿的诗句，

为每一位苏醒的勇士加冕。

士兵的大堰河

1990 年，春季如约而至
风沙把昌平的天空打磨如青铜
3 月，一个唇上刚刚拱出胡须的青年
穿上军装，成为京师防护林中的
一棵。那一天，他来到营区之中的
一片疏林，拿出了那本诗选
在尚未回暖的旷野之上
开始高声地朗诵——
《大堰河，我的保姆》

青春有诗，就有河流
军旅有诗，就有落日照大旗
那朗读之声，如战马嘶鸣
击退风沙，唤醒了群星
"哗哗"的声音，是鲜红的血液在燃烧
是苍茫的夜色在流淌
"哗哗，哗哗"。是梦之苍鹰
在夜幕降临之时，飞翔到无限高远之处

让稍迟一些响起的熄灯号

如群山般巍峨，在士兵的正北方高高耸起

八月一日

这个日子，隐藏着烈火
焚烧漆黑的夜空
岩石加入，雕刻每一位士兵
开天辟地的壮举
当然，这个日子里有黄金
岁月深处的矿藏
让历史一直在记忆中闪耀

这个日子，成为仪式的一部分
甚至成为服饰的一部分
在每一位军人的头顶，帽徽里
有这个日子，它是烈火
锤炼着每一个后来者
铮铮铁骨和警惕的眼睛
它是岩石，成为士兵意志的一部分
沉着、坚硬，带有强劲的心跳
它是黄金，是高贵的品质
是永远珍藏的瑰宝

每当这一天来临

每一位军人都会通体闪亮

发出黄金的光泽

时光韵味

三只翠鸟写入我的胸膛

还有远山的静

和潺潺的泉水声

鸟的翅膀遮住阳光

我胸中幽静的那部分

渐渐化作心跳

让人生中的这个时辰

充满了跳动的新鲜感

翘首等待那个时刻

有着最为微小的记忆——
那些期待闪电的鱼
沙漠顶端盘旋的苍鹰
沙粒中奔走的蚂蚁
都在翘首等待那个时刻

风的先行官还没有进发
阳光的铁链锁住万物的喉咙
它还没有到来
无尽的远处，孤烟直击天空
敲响血性的战鼓
让沉寂的大漠
渐渐有了哲学的意味

将进酒

把火焰藏入血液
把冰块撒向沸水
通红的脸，行走在密集的心跳上

冰灯里的火焰
像两个相爱的人
在酒杯中端坐着

享受着静谧的时光
那是通体闪亮的蜜蜂
蛰出的人生的蜜

秋分，饮酒辞

秋分，是一位饱经沧桑的人
他就坐在我的对面
他的眸子历经磨难
才会如此清澈，分娩出蓝色的火焰
一定是洒落了很多汗水
才有了如此丰饶的身体
黄金和宝石，在额头上堆积
一粒粒果实，如此饱满热烈
面对着风朗诵感恩的颂词
大地庄严而辽阔，我的心
也变得渐渐厚实

秋分，是一位睿智的人
我无法判断他的年龄
双手灵巧，折叠出天气的清凉
经历了热恋的夏，刺眼的阳光和高温
渐渐领悟了安详的意义
来吧，饮一杯酒

人生如此短暂，草尖上的露

粮食酿造的火苗

把你怀中所有的鲜花都打开

把我怀中所有的心跳都斟满

苦难过去之后，皆是幸福

所有的大地，都值得我们安眠

秋分，是一个有故事的人：

没有赌上生命去冒险过

就不会有如此不动声色的平衡

日子不紧不慢

阳光也不紧不慢

这一天，昼与夜等长

我和你，也坐在天平上

如此的幸运

在这一天，平分了人间所有的秋色

"我是春分

在二十四节气的镜子里与你对视

也或许是一位诗人

与你饮尽人间的美酒

还吟咏着：秋分客尚在，竹露夕微微。"

金秋，我要放声歌唱

十月一日
花开锦簇的祖国
散发明媚万里的芬芳
在这迷人的清晨
我要放声歌唱
当白鸽与礼炮共同组成
和平的方队，天安门广场
五星红旗随朝阳一同升起
旗帜的光芒
照亮每一寸心爱的国土

我要歌唱
我们走过的
这条光辉的道路
虽然曲折，但总是向前
虽然艰辛
却那么充满激情
一路向前、向前

中国特色社会主义道路

引领着我们的国家

日益走向富强

这条道路是金色的

用阳光的色彩铺就

是芬芳的

凝聚着那么多

智慧和心血

这条道路发出令人振奋的

巨龙般的吟啸

让人在前进的道路上

感受到火一般的

热度和激情

那一年的七月

在那条色彩艳丽的红船上

镰刀与斧头的光芒

照亮了辽阔的湖面

在最黑暗的夜里

这一缕曙光，喷薄而出

一群最年轻

最美丽的少男少女

高举着旗帜，呼吸着硝烟

敲击着铮铮铁骨

创造了一个个奇迹

我要歌唱

我们值得骄傲的

科学的理论体系

那是怎样一段

激情燃烧的岁月啊

人们压抑许久的

建设美好家园的憧憬

变成城市一座座

崛起的高楼

无论是城市还是乡村

到处都有

勤劳致富的双手

到处都有

追赶时间的脚步

到处都是

阳光明媚的笑脸

中国巨轮

拉响了嘹亮的汽笛

全国各族人民

在实现中国梦的伟大征程上

意气风发地阔步前进

在党的创新理论的指引下

书写着和谐奋进的诗篇

我要歌唱

我们共同选择的

中国特色社会主义制度

每一个人都有深切感受

新中国成立后

最大的变化

是一切属于人民

在政府大门

庄严的国徽下

你可以看到"人民"

流通的货币上

你可以找到"人民"

行走在大街上

银行、报社、商店

出现频率最高的

也是"人民"

我要为你歌唱

这带着人民体温的制度

美丽的中国

一切为了人民的中国

我要歌唱

我们共同拥有的、渗透到血液中的

灿烂悠久的文化

从《诗经》、楚辞中

我们温习了祖先

细腻的、悲悯的情怀

在唐诗、宋词的滋润下

我们的心灵

绽放出红艳艳的花朵

让十月一日的清晨

如此温馨与光彩夺目

今天，我们终于可以

平视这个世界

今天，我们终于无限接近

世界舞台的中心

我们从未如此亲密地

融入世界的心跳

美美与共，命运一体

让爱的谣曲在五大洲四处传唱

十月一日
当共和国的第一缕阳光升起
我要在天安门广场的金秋里
放声歌唱，把九百六十万平方公里
无限壮阔的河山
镀上一层喜庆的、金色的光晕

南国丛林

临近傍晚，被没有名字的
虫声包围。山顶已没有路
走的人多了，形成的小路
还是被野草迅速覆盖

夕阳漫不经心地出现
啜饮着野果酿造的
红色酒浆。丛林变得沉醉
而又小心翼翼地捧起一朵朵
面对旷野高声朗诵一天后
显得疲倦的野花

我还是喜欢在这样的时刻
一个人用脚步回答
大地的询问
山中的每一条道路，都词语缤纷
说着一些意味深长的话语
我的迷彩服，已融入了

眼前这片丛林。作战靴

如泥土一样的颜色

让大地有了战士的韵脚

夕阳中漫步，火红的界碑

就在前方，我把手匕首一样插入

覆盖着松针的泥土

感受到大山的体温

是如此滚烫。几枚锈迹斑斑的弹壳

在我的指尖下，一言不发

为我的远行，触摸到了

多年之前的深沉记忆

海上界碑

大海的蓝色，渐渐融进

我背心的条纹里

枕着它进入睡眠

我常常被涛声吵醒

巡逻艇是一位学生

每天阅读着海浪

朗诵着浪花和鱼群

所写出的大海的诗篇

那浪花多么白啊，白得像

采撷下来的云朵

让我感觉到，头顶的天空中

还有另一座蔚蓝色的大海

被云朵的浪花追逐

有了这面国旗，巡逻艇

就有了深刻的意义

风随着国旗起舞

把我的目光也拉得细长

放眼望去，海鸥衔起的地平线

轻盈得如一根丝

随着浪花的眼神一起跳跃

打开北斗定位

观察着经度与纬度

一串串数字是带有体温的

刻进军人的骨头里

不会有一点点偏移

手持钢枪，时间也变得静止

每一朵浪花，都可以裁切成

洁白的鸽子，扑棱棱地向上飞腾

海风编织着阳光

海面上撒满了时间的金币

大海独特的腥气，沁人心脾

如一杯醇酒在时光中渐渐发酵

在这样的时辰

捧出来，奉献给那座在眸子中

渐渐放大的描红的界碑

那鲜艳的红色，如璀璨的霞光

在一刹那

让士兵赢得了一切

流水的营盘

阳光大面积地燃烧
才会锻造出如此绚丽的霞光
披上霞光的营盘
在方圆上百里的群山中
神采奕奕，吸引了怀揣着
金色种子的士兵
前来种植大片的阳光

营房旁边，有一条小溪
如毛笔的侧锋，随意画出一笔
却显得如此韵味悠长
仔细倾听，水声的细丝
会把你的耳朵编成
一座小小的蓄水池
让清澈的嗓音在里面躲藏
流水的营盘
是有诗意的

流水的营盘铁打的兵

是的，这些士兵

是在熔炉中成长的

在新兵连里，浑身被烧得通红

然后再一锤一锤地敲打

才有了下连后的体魄与气质

当兵是一次脱胎换骨

当兵是把个人

交给这个集体，再交给这个国家

天将降大任，必先锻造他、锤炼他

让一个士兵

能在人群中光芒四射

边防老兵

这片山，在你的胸中
站岗时，你的体重
是包含这座山的

这段水，也在你的胸中
九曲十八环，让你巡逻的日子
都变得那么生动多情

返乡时，有人说
你的心胸变得宽广
是的，因为你的胸中
隐藏着这些巍巍的群山
那是你一步步丈量出来的
你可以随时把它们掏出来
摆在客厅里，或是餐桌上
让他们所谈论的一切
都失去重量

也有人说

你变得铁血柔肠

是的，因为边防线上

那清澈的泉水

进入了你的血脉

在你的身体内日夜奔流

一不小心，就会用叮咚的泉水声

把人缠绕在边关的风景里

"清澈的爱，只为中国"

当你一字字地说着

眼前就会有群山耸起

就会有霞光环绕

就会有潺潺的流水声

替你朗诵雄浑澎湃的边塞诗

是的，一个青年不穿上军装

去炼钢炉中摸爬滚打上几年

他得后悔一辈子

后悔没有加入这支光荣的队伍

没有散发军旅的

青铜的光泽

铸 魂

——古田会议与一支军队的未来

1

今夜 我端坐在

位于北京西郊的

一所著名军校

倾听着百望山

在夜晚中发出的深沉旋律

我向自己阅读过的

小山一样的书籍致敬

这里面包含着我的思考

我的忧虑

我对于祖国和军队

深深的热爱

凝望着电脑屏幕上

自己下载的世界地图

我饱含热泪地

用目光抚摸东方的

这片热土

这里流淌着我血液的源头

记载着我祖先的歌声与欢乐

曾经经历过那么多

苦难和屈辱的土地啊

如今 放射出一种夺目的光芒

让世界上的每一个民族

都要驻足 致以敬意

我的祖国

从没有如此接近

世界舞台的中心

我的民族

从没有如此接近

实现伟大复兴的梦想

中国梦

正在吸引着全世界的目光

陆地和海洋上

两条闪亮的"丝绸之路"①

正蓄势待发　昂首西进

2

今夜　我端坐在

位于北京西郊的

一所著名军校

——国防大学

回想着人民军队的历史

和引以为豪的光荣

凝望着衣架上笔挺的军装

我反复叩问自己

——当国家迈向繁荣

你有能力保卫

改革开放的果实吗

当民族走向兴盛

你能够捍卫

人民的和平劳动吗

当中国梦深深融入

① 指习近平主席提出的与有关国家共同建设"丝绸之路经济带"和"21世纪海上丝绸之路"的倡议。

每一位华夏儿女的心田
你拥有护卫梦想
在世界的舞台上尽情放飞的激情吗
你具备在关键时刻
敢于亮剑的勇气吗

此刻 我思接千古
目极八荒
站在百望山这片庄严的高地
向着浩瀚的星空
找寻着答案

3

星空 如人的思想
像人的思维
在暗夜中发出锋利的光
作为一名军人
我在畅想——
公元 2013 年的春天
人民军队的最高统帅
提出了党在新形势下的

强军目标

"听党指挥"是强军之魂

这个光辉的论断

熔铸了统帅

怎样深沉的思考

这个已经成为我们命根子的命题

为什么在今天

依然具有重大的现实意义

4

强军之魂

这是历史给予我们的

鲜明结论

在党的绝对领导下

这支原本弱小的人民军队

在井冈山燃起燎原之火

在长征路上

留下"乌蒙磅礴走泥丸"的气概

在抗日的烽火中

把锋利的钢刀

狠狠插进敌人的后背

在决定中国

两种命运的大决战中

以排山倒海的气势

百万雄师过大江

使一个崭新的中国

屹立在世界东方

还来不及喘口气

又在那个狭长的半岛

以令敌人胆寒的战斗精神

把侵略者死死钉在

那条不甘失败的纬度线上

这是多么壮丽的画卷啊

在战火和硝烟中

一支军队的灵魂

放射出如此璀璨的光芒

发出如此雄壮的吟啸

以至于在多年之后的这个夜晚

我感受着自己体内

红色的基因

在灿烂的星空下

蓦然拔出长剑

在月光下闪闪发光

5

今夜 当我穿透历史的风雨

去找寻 93 年前的那个日子

依然可以感受到

朝圣者般的心情

因为那个日子

是一个让一支军队

有了军魂的日子

让每一名军人

有了目标、尊严和价值的日子

一个让国家和民族

看到了希望和未来的日子

6

如果没有挺拔的山峰

这片大地将失去

多少连绵的激情

和磅礴的烟雨

如果没有英雄

这广阔无垠的人世间

将失去多少精彩的活剧

和神奇的传说

就像天空需要雄鹰一样

这支衣衫褴褛的军队

需要这个高个子的统帅

那个时候

星星之火随时都会熄灭

黑暗随时可以吞噬

仅存的一线光明

他脚上穿着草鞋

手里举着草纸卷成的烟叶

面对着白雪皑皑的彩眉岭 ①

思考着这支军队的建设方向

7

这支穿草鞋的军队

_____

① 位于福建上杭县，在古田会议旧址附近。

从井冈山根据地走来

经历了反动派太多次的屠杀

掩埋了太多同伴的尸体

有过失败的痛苦

有着坚持不溃散的意志

面对着压得人弯腰的

浓浓黑暗

面对着红旗还能打多久的

深深疑问

伟人毛泽东

点燃了一根烟

在豆大的洋油灯火下

彻夜不眠　苦苦思考

——怎样建设人民的军队

如何赋予这支军队

永恒的军魂

白雪皑皑的彩眉岭

一定又飘起了雪花

犹如伟人的灵感和思绪

洋洋洒洒　叩问大地

8

"红旗跃过汀江

直下龙岩上杭"

公元 1929 年 12 月 28 日

红四军第九次党代会

使古田这个小镇

在军史里熠熠闪光

永远让后人仰望

红旗招展的曙光小学

你明白这红旗上

黄色的五角星

以及镰刀、斧头的含义吗

青砖白墙的万源祠①

你理解自己见证的

是怎样光辉灿烂的里程碑吗

---

① 万源祠位于古田镇溪背村，原系廖氏宗祠，为四合院式建筑。1917 年，古田第一所小学"和声小学"在此建立，1929 年 5 月红四军进驻后，把"和声小学"改名为"曙光小学"。同年 12 月 28 日至 29 日，古田会议在这里召开。

古朴庄严的松荫堂 ①

你能感受到

奠基军魂的历史时刻吗

嗨哟嗨哟　那么多人

那么多人

嗨哟嗨哟　那么多张

被信仰点燃的脸

嗨哟嗨哟　那么多双

被热情编织的手

嗨哟嗨哟　那么多渴望

那么多向往　那么多誓言

嗨哟嗨哟

嗨哟嗨哟

辉映着古田的夜空

把闽西的一角

照得雪亮

---

①坐落在古田镇的中央——八甲村，1929 年 12 月，红四军在连城新泉
整训后进驻古田，前委机关和政治部设于此。

9

多么纯洁的军队啊

纯洁得就像草尖上的露珠

纯洁得就像小姑娘眼中

晶莹的泪水

纯洁得心中只有人民

这支军队

和中国历史上任何军队

都

不

一

样

古田　就是这样一个分水岭

一支新型的人民军队

从这里走出

在这里脱胎换骨

王家的老汉说

真不一样哩

当官的和当兵的

吃的、穿的都一个样

还有士兵委员会

叫啥子无产阶级民主

李家的大婶说

真不一样哩

讲话那么和气

不拿俺们的一针一线

张家的伢子说

真不一样哩

一住到俺家

就帮着锄地 打水

像家里的大哥哥一样

赵家的大姑娘说

真不一样哩

把地主家的土地 花布

分给我们

自己却不拿一丝一毫

10

从某种程度上讲

毛泽东 共产党

就是世界上最高明的铁匠

他们把一支军队的军魂

深深熔铸进

军

队

的

血

脉

从思想上建党

建立起政治工作

一系列制度

从根本上铸造了

这支军队的生命线

党的形象是什么

就是分给家里土地的大救星

就是战斗打响时

冲在最前面的身影

就是自己生病时

端上一碗热腾腾的病号饭的

指导员

就是给身躯以温暖

给生命以价值

——不是为他人打仗

而且为自己为人民打仗

党带领我们干什么

就是"打土豪、分田地"

为了天下的穷人

都过上好日子

——没有什么高深的理论

也没有任何拗口的说教

怎么样可以成为党员

一是政治观念没有错误

二是忠实

三是有牺牲精神　能积极工作

四是没有发洋财的观念

五是不吃鸦片　不赌博①

——多么明了的话语啊

---

① 参见《中国共产党红军第四军第九次代表大会决议案》。

中国共产党的优良传统

深深凝聚在这些

朴实无华的标准里

让我——多年之后

常常写点文字的军人

脸上微微有些发红

11

出发了

这支已经焕然一新的

人民的军队

草鞋踩在古田镇的鹅卵石上

响起振奋人心的节奏

青春的脸上

洋溢着钻石般迷人的微笑

五角星在夜空中

连成一串星星之火

点燃了这片

缺少生机

缺少烈火的

黑暗 喑哑的荒原

93 年后的一个夜晚

我还可以如此清晰地

看到这样出征的场面

我看到了这支队伍背后

那红红的背景

像中国的写意画一样酣畅淋漓

天地间一片血红

红色的山峦

红色的草地

红色的江水

红色的道路

红色 红色 红色

红色 红色 红色

令人震撼的红色啊

令人流泪的红色啊

12

今夜 我肃立在

位于北京西郊的

一所著名军校

向我的先辈们

敬上一个庄严的军礼

我们生活在他们

为后代打下的江山

享受着他们

为子孙奠定的和平

在学校里　我喜欢坐在树荫下

品味一段午后静谧的时光

喜欢在晚饭散步后

沏上一壶淡淡的清茶

我喜欢在台灯下

感受汉唐边塞诗的雄浑

喜欢研究战役　战略

思考战争与和平

偶尔也读一读安德鲁·马歇尔

看一看威廉·欧文斯和戈登·沙利文 ①

我喜欢读图

———————————

① 均为近年来美国致力于新军事变革、提出相关战略构想的人物。

不过这图是世界地图

在信息化的今天

地球也不过是一个小小的球体

看看自己思维的风暴

可不可以把它吹得缓缓旋动

今天 我们生活在如画的军营里

那些漂亮的营房

带给我们的 不应是慵懒和懈怠

我们伟大的祖国

正在向着第二个一百年的目标

坚定前行

作为军人

我们理应具备"打胜仗"的能力

在强手如林的国际竞争中

在风起云涌的军事变革中

如何发扬优良传统

如何永葆政治优势

如何永远筑牢军魂

从辉煌走向另一个辉煌

从胜利走向另一个胜利

这是伟大的时代

赋予我们这一代军人

必须思考的课题

这是腾飞的祖国

要求我们这一代军人

必须写出的答卷

13

一夜未眠

我看到朝阳升起来了

我起立 迎接这个充满希望的早晨

火红的朝阳

带着信仰的色彩

点燃了东方的天空

为万物镀上一层明亮的颜色

此刻 我在想

只要有军魂

利剑自会有光芒

只要有敢于亮出的利剑

就会有和平、多彩的中国梦

晴朗的天空下

人们的笑脸

就会像初生的婴儿一样

干净 香甜

让人眼中充满幸福的喜泪

此刻 我想说

我的女儿

当她长大时

我一定会让她穿上军装

在这样的早晨

在这样令人振奋的朝阳下

给她讲一讲古田的故事

给她讲一讲军魂的含义

给她讲一个又一个战斗的故事

然后 我会用略微沙哑的声音

带着她一起唱

那支铁骨铮铮

让人血脉偾张的歌曲

——中华民族到了最危险的时候

每个人被迫着发出最后的吼声

起来！起来！起来！

我们万众一心

冒着敌人的炮火，前进！

冒着敌人的炮火，前进！

前进！前进、进！

| 附 录 |

刘笑伟：艺术化地抒写人与时代

□《文艺报》记者　黄尚恩

　　记者：刘老师，您好！祝贺您的诗集《岁月青铜》获得第八届鲁迅文学奖。这部诗集分为《钢铁集结》《谁能阻止青春的燃烧》《写下太阳般闪亮的诗句》和《一个大校的下午茶》四辑。您在编排的时候有什么样的总体考量？

　　刘笑伟：诗集《岁月青铜》能够获得第八届鲁迅文学奖诗歌奖，我一直认为并不仅仅是授予我个人的，而是授予有着悠久历史传统、光荣使命任务的军旅诗的。毕竟，从第五届鲁奖之后，已经连续12年没有军旅诗人获得鲁迅文学奖的诗歌奖了。这次获奖，让军旅诗的光荣得以延续。

说到这部诗集的编排，我认为还是有一些亮点的。第一辑《钢铁集结》主要讲述的是当下中国军队生活的一些重要场面，记录和讴歌的是新时代的强军事业。比如《你张开双臂》热情讴歌了新时代爱国戍边英雄群体，《快于光》讲述的是中国空军"金头盔"竞赛背后的热血比拼和战斗故事，《朱日和的"狼"》描述的是红蓝对抗演习中的"蓝军司令"满广志钻研高科技战争的精神意志，等等。或许可以这样说，《钢铁集结》是我对新时代中国军队"体制一新、结构一新、格局一新、面貌一新"的近距离观察和诗意化抒写。第二辑《谁能阻止青春的燃烧》主要写的是我30多年的军旅生活。比如，前三篇《火焰》《刀锋》《花海》，就是对我1997年7月1日作为首批驻香港部队的一员，冒着滂沱大雨进驻香港时的深沉追忆。在这一辑里，我写了入伍的场面、老连队、军装、军被、军姿、齐步走和拉歌等军旅生活的生动回忆和细节体验。《红海》写了中国军人在海外执行护航任务，《移防之夜》写了军改中部队移防的场景。其中一些是过去的军旅诗没有写过的题材。第三辑《写下太阳般闪亮的诗句》也是比较新的题材，那就是高科技。这一辑中的诗作，是我对于军旅诗新题材的一些积极探索，主要描绘了近年来中国军队取得的高科技成果，比如《巨浪》《东风》《极度深潜》等。第四辑《一个大校的下午茶》则侧重于表达我的诗歌观点，以及对于人生和日常生活的理解感悟。可以说，这部诗集中的 77 首诗作，都是散发着新时代光泽的军旅诗，都打着鲜明的时代烙印。

记者：诗集《岁月青铜》的首篇诗作是《朱日和：钢铁集结》。您曾说过，这是自己比较重要的一首诗。请简单介绍一下这首诗的创作背景，并谈谈它对于您来说为何重要。

刘笑伟：为庆祝中国人民解放军建军 90 周年，2017 年 7 月 30 日上午，人民解放军在内蒙古朱日和联合训练基地隆重举行了大阅兵。这次以庆祝建军节为主题的盛大阅兵，是人民军队整体性、革命性变革后的全新亮相。当时看着央视的直播，想起自己作为《解放军报》记者采访过的一些重大历史性活动，不禁心潮澎湃。特别是看到、听到战机翱翔、战车轰鸣，地面部队跑步集结时升腾起的尘土折射着金色的阳光，心中的诗情一下子就被点燃了。我用了 50 行左右的篇幅，对这支军队的历史与现实进行了高度概括，特别是对新时代人民军队的巨大变化进行了具有现场感的速写。这首诗对于我来说之所以重要，是因为它是一道"分水岭"——自此之后，我的诗歌自觉地向着新时代军旅诗不断迈进。

记者：《岁月青铜》处理的是比较"硬"的军事题材，比如宏观的军事场面、先进的军事科技等等。一般来说，这样的题材比较难进行诗意转化。您在具体的创作过程中，面临了怎样的创作甘苦？

刘笑伟：军旅题材无疑是宏大的，但越是宏大的主题越需要"小"的切入角度，否则就会变成生硬的口号。也就是说，越是历史大事，越需要个体生命的独特体验。因此，一定要捕捉到并表达出自己独特的生命感受，同时要折射出整个时代。当下的诗歌创作有些小众化倾向，问题就在于有些诗人只写出了自己的个人感受，没有折射出这个时代。

我在创作过程中，尽自己最大的努力，去辩证处理"大题材"和"小视角"的关系。例如，军改之后，许多部队一夜之间就要移防到千里之外。这个题材如何表达？我在《移防之夜》中，选取了一个最典型的场面——与妻子和孩子告别，选用了一个最直观的意象——壁虎断尾。这首诗是这样开头的："只有今夜，我才感觉身如壁虎。/ 头倒悬着，紧贴着墙壁一角，/ 身材矮小，面对你和孩子的爱。// 你的泪水流成一条青蛇，/ 一下咬在了我的尾巴上。/ 我一阵剧痛，尾巴总是要断的——/ 且让它挣扎一会儿。"描写军改的诗本来就不多，这首诗之所以引起一些关注，最关键的还是以"小"见"大"，以自己的独特生命体验，折射出了"时代之变"。其实，诗歌创作更像是一种冶炼的过程，需要大量的矿石（素材），需要炙热的火焰（激情），需要高超的冶炼技术（技巧），而且要经过不知多少次燃烧、多少道工序、多少回打磨，才能炼出真金。就我自己的创作而言，有些尝试成功了，有些尝试失败了。其中的甘苦只有自己知道，只有深夜知道，只有孤灯知道。

记者：《岁月青铜》中有一些"诗中谈诗"的诗，比如《拆弹手》《不一样的诗》《我的军旅诗》《语言是粮食，诗是酒》等，从多个角度呈现了您的诗歌观。从一开始写作到现在，您的诗歌观念经历了怎样的"变"与"不变"？您现在追求怎样的诗歌美学？

刘笑伟：《不一样的诗》《拆弹手》《我的军旅诗》《茶杯风暴》等诗作，呈现了我对于诗歌的认识：诗歌要艺术化地抒写时代的风貌、表达人民的声音。如果说我有"诗歌观"的话，其实很简单：就是写出时代中的人和人所处的时代。我觉得，在诗歌创作中自己始终不变的是对现实生活的书写，变化的是书写的方式与方法。还有一句很辩证的话：始终不变的就是变化。要想成为大河，必须不断有支流注入。这些年来，古典的、现代的，豪放的、婉约的，中国的、世界的……总之，始终在学习之中，诗歌写作自然也在变化之中。当下，我追求的是高扬爱国主义和英雄主义旗帜的、雄浑阳刚的、令人热血沸腾的诗歌作品，自然也就崇尚刚健、崇高、壮美的诗歌美学。当然，这些也会出现变化。大河入海之时，就平缓了、平淡了、平实了，但依然隐藏着瑰丽奇崛和惊涛骇浪。

记者：《在杜甫的怀抱中》一诗中，您借杜甫之口说出："让大多数人读得懂诗！"实际上，也有一部分诗人认为，诗歌是写给"无限的少数人"的。这是两种不同的读者观。与此相对应，读者对新诗可能有两种截然不同的评价：一是认为有些诗歌太口语化或者口号化，不算是诗；二是认为有些诗太晦涩难懂，不想去读。面对这样的情形，我们如何更好地沟通新诗与读者的关系？

刘笑伟：对于中国诗歌的现状来说，我的诗作在某种意义上讲是一种反叛：对（于）过于私人化，我说诗歌要书写时代；对于过度西方化，我说诗歌要回归传统；对于学院化倾向，我说诗歌应该让更多的人读懂。事实上，让"多数人"还是"少数人"看，诗作本身是"好懂"还是"晦涩"，都不是问题，问题是这首诗是不是好诗。这很重要。好诗有通俗易懂的，也有晦涩难懂的。有些好诗的读者群也很小，但并不影响它是一首好诗。我认为，沟通新诗与读者的关系，最好的方法就是诗人们真正能写出好的诗歌作品来。而这个"好"，并不是诗人自己说了算，也不是"小圈子"说了算，而应该成为时代、读者和评论家的共识。

记者：作为当下活跃的军旅诗人，同时也是军事文艺领域的编辑家，您如何看待当下的军旅诗歌创作？年轻一代的军旅诗人，在创作中体现出什么样的新特质？

刘笑伟：由于种种原因，当下的军旅诗创作的现状并不十分令人满意，没有出现与新时代要求相匹配的繁荣局面。很长时间以来，没有出现影响大、流传广的军旅诗佳作。军旅诗创作队伍也在萎缩，但即使是这样，一些军队诗人近年来把军旅诗搁在一边，把主要精力投入其他题材的诗歌创作中，真正钟情于军旅诗题材写作的并不多。从读者的阅读评价来看，一些军旅诗作品热衷于喊口号、太直白，大家不愿看；还有一些作品则远离传统、简单模仿西方翻译体的诗作，太晦涩、看不懂。那么，如何改变这种局面呢？我认为，第一要书写"变化"。军旅诗的创作，在和平年代不能局限于对一些浅表层现实的描述，更应该是对军队的武器装备、人员素质、心理状态等深刻变化的深情抒写。发现和写出"时代之变"，才是新时代军旅诗的真正突破点。第二要抓住"特质"。军营充实紧张的生活、军人博大的胸怀、令人惊叹的奉献精神、对生与死的独特思考等等，都是军旅诗所独具的巨大魅力。对于军旅诗歌创作而言，如果舍弃生与死的考验、革命英雄主义的情怀，而只聚焦个体的自怜自爱；舍弃雄浑和壮阔的意境，而去表现庸常的"一地鸡毛"；舍弃阳刚的、壮美的、雄浑的艺术境界，而一味追求纤细的、柔弱的、甜腻的表达方式……这与其说是一种遗憾，不如说是舍本求末。

一般来讲，诗人处于一个新的时代，就会有新的感受。年轻一代的军旅诗人，其创作一定会呈现出新时代的特质。比如，在整体写作上更加轻松自如，在题材选择上更加自由多样，在表现手法上更加多元现代。我对于年轻一代军旅诗人的期望是，他们的诗作既宏大又精微、既古老又现代、既雄壮又柔情，让人阅读后充满新鲜的阅读体验。我相信，通过老中青三代军旅诗人的共同努力，新时代的军旅诗一定能够迎来新的辉煌。

　　　　　　　　　（原载 2022 年 11 月 18 日《文艺报》）

刘笑伟：为时代赋诗，听青铜铿锵

□《中国青年》杂志社记者　曹珊珊

　　文艺作品要记录时代、书写时代、讴歌时代，文艺工作者就必须深入现实生活，从中感知时代、认识时代、把握时代。扎根军营三十余载，刘笑伟的笔忠实地记录了人民军队的辉煌历史，展示了铁血军人的家国情怀和侠骨柔肠。喜迎党的二十大胜利召开之际，《中国青年》杂志社记者对话第八届鲁迅文学奖获奖诗人刘笑伟，了解那些泛着青铜色光泽文字背后的创作故事。

岁月青铜

记者：您的鲁迅文学奖获奖作品《岁月青铜》全书分为四辑，这四辑您是如何划分的？

刘笑伟：《岁月青铜》的第一辑主要讲述的是当下中国军队生活的一些重要场面，比如《朱日和：钢铁集结》讲述的是建军90周年时在朱日和的阅兵场面，《朱日和的狼》描述的是在朱日和军队演习中的"蓝军司令"满广志，而《快于光》讲述的是中国空军设立的飞行技能竞赛——"金头盔"背后的故事……总的来说，《朱日和：钢铁集结》是党的十八大以来，我对我国军队发生的一些重要的新事件、新变化的观察和描绘。

第二辑《谁能阻止青春的燃烧》主要写的是我个人的军旅生活，前三篇《火焰》《刀锋》《花海》是当年我作为第一批中国人民解放军驻港部队中的一员对进驻香港时的回忆，而《老连队》《齐步走》《被装列队》等诗歌都是我多年军旅生活中的一些细节和体验。

第三辑《写下太阳般闪亮的诗句》是我对于军旅诗新题材的一些探索，主要描绘了近年来军队的高科技成果，比如北斗、巨浪、东风、核潜艇等。

第四辑《一个大校的下午茶》则侧重于写我个人的非

军事化生活，包含我对诗歌和生活的一些理解和感悟。

记者：您在《写下太阳般闪亮的诗句》中对军旅诗的题材创新做了一些探索，您是如何把"硬核"的军队高科技成果变成富有韵律的优美诗句的？

刘笑伟：我认为，科学与诗歌在法则和境界的最高处是相通的。举个例子，《我们必须仰望的事物》是我在参观国防科技大学的"天河"实验室时得到的灵感，在这首诗中我写道"我看到了押韵的光／组成天体般神秘运行的诗句／高速的浮点运算／黑色的机柜排列星空的壮阔"，密密麻麻的计算机柜和天体的运行其实都是复杂且有规律的，天体闪烁就和诗句一样优美和谐，于是黑色的机柜也可以带有诗意。如果用诗的语言去观察那些和艺术无关的高科技装备，那么这些看似"硬核"的高科技设备就会带有诗的美感。

记者：《岁月青铜》中收录了《军被，此生最温暖的被子》，您在这首诗中写道"早些年／这样的诗／我是不屑写的"。这样的诗指的是什么？促使您在思想和创作上发生改变的事情是什么？

刘笑伟：就我成长的年代和环境来看，充满豪言壮语和宏大叙事的诗才能算是真正的诗，写被子这种普通甚至可以说微不足道的东西，对我而言有一种"为赋新词强说愁"的意味。

这种想法的改变可能是因为年纪增长，人生有了阅历之后，对平淡的东西反而有了更深的理解。我曾收到过另一位军旅作家，也是茅盾文学奖获奖作家徐贵祥的文章，标题是《一座小山》，讲的是他年轻时演习中在一座小山上发生的故事，当时我收到稿子觉得标题定调有点低，特意给他打了电话商量是否能改一个标题，比如《迷彩山》或者《英雄山》，但被他拒绝了，他说到了他这个年纪，就喜欢这种平淡风格。后来我仔细想，这个标题确实有人生沉淀下来后云淡风轻的感觉。这件事对我而言也有一些触动，我已经50多岁了，现在来看，军营里最常见、最普通的事情，比如军被、军装、拉歌等这些年轻时看不透或者没有注意到的东西，其实承载了很多作为军人的意义，或许只有上了年纪回忆起来才能参透。

警惕现代诗小众化和过度西方化倾向

记者：您在《新时代与当代军旅诗的发展》中尖锐地指出与时代脱节、与人民绝缘，是现代诗歌创作的通病。您认为是什么原因造成了当代诗坛出现这种现状？

刘笑伟：现代诗坛的很多作品主要存在两个问题——一是小众化，二是过度西方化。中国的现代诗是从朦胧诗开始的，开始的朦胧诗讲究呼应时代，但后来发展到几乎和时代脱节——很多诗人写朦胧诗只写个人的内心感悟，不管是否能和别人产生共鸣，写的人多了就形成了一股潮流风气，即很多人认为越小众、越叫人看不懂的诗才是高明的好诗。中国的诗歌发展史上其实也多次出现过类似的情况，比如一度成为潮流的花间派，它的词就侧重于个人的抒情。但纵观历史，能真正在历史长河中屹立不倒，得到人民认可和传承的还是像杜甫这样的诗人所创作的诗歌，既有鲜明的个人情感元素，又记录了时代、反映了人民的呼声。好诗必须记录它所在的时代，这也是我一直以来的创作初心，我希望现代军旅诗能记录和反映伟大的人民军队翻天覆地的新变化和新风貌。

另外一个问题是过度西化，脱离中国的社会语境和人民。现在很多诗人写诗，是从模仿西方诗歌或者西方诗歌翻译成的中文作品开始的。一方面中西方的历史和语境不同，先从西方诗歌中汲取营养这件事本身可能存在问题；另一方面，翻译这些西方诗歌的译者，本身可能对诗歌的意象、韵律、结构等问题一窍不通，翻译的作品语言机械、晦涩，就是所谓的"翻译腔"，学习这些翻译作品写出来的诗必然也不接中国的地气。

记者：您认为很多现代诗与时代脱节、与人民绝缘更深层次的原因是什么？

刘笑伟：我认为更深层次的原因是诗歌所承载的社会

功能本身已经随着时代的发展改变了。尤其是近代以来，中华民族经历了抗日战争、解放战争、抗美援朝战争等，诗歌在近代最重要的功能就是发动人民，它承载了更多文学之外的社会功能。现代诗的小众化发展，可以视为一种诗坛的自我回调，向文学回归。但这种回调应该把握好一个度，现代诗坛有些人没把握好，甚至走向了自闭。一个优秀的诗人应该走一条平衡的道路，把握时代的同时要走得优雅。

记者：对于好诗，您有怎样的标准？

刘笑伟：第一，好诗必须记录它的时代，此前我已经提到。

第二，好诗必须达到属于这个时代的艺术水准。在每个时代，总有一些作品的艺术水准是被它所处的时代认可的，比如苏轼的诗词在他在世时就已经得到承认，这些被认可的作品大致上构成了这个时代较高的艺术水准，可以称之为"好"。艺术的发展不是直线上升的，而是起起伏伏的，比如很难有哪个朝代的诗歌能超越唐诗，但这也不妨碍每个朝代都有一些好的诗歌作品，我认为一首诗能达到它所处那个时代较高的艺术水准，就是好诗。

第三，好诗必须要被这个时代的人民所接受，得到广泛的传播。这个很好理解，就是人民能不能欣赏得来，能不能真正地认同并且传播。不得不说，当今诗坛短期来看，精品诗歌并非最流行的，这也和近年来现代诗坛过度小众化、西方化的风气有关。但我相信从长期来看，真正形成自己个人艺术风格、反映时代的诗人会越来越受到关注。

年轻人需要诗歌

记者：据您的观察，现代社会中，尤其是军营里的年轻人读诗、写诗的多吗？当今年轻人的军旅诗有怎样的特点？

刘笑伟：不得不承认，和我们成长的时代不同，诗歌对于现在的年轻人来说已经变成了一种比较小众的艺术创作方式。事实上，诗歌的功能随着时间的推移一直在被分化，古代时，无论是娱乐还是教育，抑或是记录自己经历和抒发情感，诗歌可以算作是重要的载体。后来乐坊、电影、视频、音频、互联网、微博等新鲜事物不断出现，诗歌承载的功能是逐渐减少的，其受众必然会被分流。尤其是当今时代，诗歌的抒情、娱乐功能，似乎都可以找到替代品，诗歌小众化的趋势实际上是不可避免的。

但对于诗歌的未来，我是比较乐观的。因为诗歌由文字构成，人类一直在传承的东西就是文字，我们靠文字传递文明，记录思想，尽管现在出现了音频、视频，不排除以后人类文明的传递可能是依靠"视觉志"之类的载体，但文字始终是最基本、最深层也最持久的，所以我对诗歌在文学或者说人类文明中的地位是非常有信心。

军队里读诗、写诗的年轻人同样越来越少了，但鉴于军队一直有诗歌创作的传统，所以军旅诗并没有断代。军队里年轻人写的诗和我们这些前辈人写的非常不一样，我们作诗就像我军传统作战一样，用力很猛，语言、修辞、结构都是一层一层突破，最后达到目标。现在的年轻人写诗更轻松，就像是伞兵跳伞，直接降落到目标地点，还可以轻松地跳跃出去。有时候我们需要用一段诗去铺陈表达的意思，他们用一个词就能表达。看到年轻人在诗歌创作中展现新想法、新风貌，我很惊喜。

记者：您认为诗歌对于年轻人有怎样的意义？

刘笑伟：我认为读诗、写诗对于年轻人来说有三个重要的意义：第一，诗歌可以让年轻人继承优秀的传统文化。比如中国小孩从小就背唐诗宋词，可能小时候很难理解到这些诗词的含义和感情，但很多人身处异国他乡的时候再读唐诗宋词，内心会非常有触动，突然发觉自己血液中对于传统文化的认同感和归属感是如此之深。尤其是随着年龄增长，这种认同会越来越深刻，而诗歌就能随时随地帮我们进入传统文化。

第二，诗歌可以让年轻人发现、感受到人生的美好。大部分诗歌其实都是为了给人生中那些最温馨、最难忘、最美好的记忆留痕，所以诗歌实际上承载了记录美好的功能。无论是读诗还是写诗，都可以提高年轻人对于生命的敏锐度，甚至提供一种体验人生和理解世界的全新角度和方式，对于今天很多对生活感到"麻木"的年轻人来说，诗歌或许可以成为他们一种感受世界的新探索。

第三，诗歌可以提高一个人的人生境界。诗歌于文学类似于"结晶"，是文字升华的产物。一个人创作一首诗需要经过自己的思想、情感和文字细细打磨，而欣赏一首诗也需要提升知识储备、文字鉴赏力和共情能力，所以诗歌能够起到提升人生品位和境界的作用。

（原载《中国青年》2022 年第 18 期）

以文学情怀咏唱强军壮歌

——军旅作家、中国作家协会军事文学委员会副主任刘笑伟访谈

□《陆军文艺》记者　曾皓

记者：陆军举办第一次业余文学骨干培训班时，您作为军旅作家给大家讲了一课，对于陆军的业余文学创作，你是如何评价的？对于广大文学创作的爱好者，你有着怎样的建议？

刘笑伟：是的，那是 2018 年 6 月的事了，当时在北京的一所军校里，组织了陆军领导机构成立以来的第一次文学创作培训班。可见，陆军领导机关对于文化艺术工作的

高度重视。同时，我也感受到了陆军业余文学创作有着勃勃的生机与活力。当时，我为几十位学员讲了一课，题目就是《"长征"的文学与文学的长征》，主要讲了《解放军报》长征副刊的品牌价值，长征副刊的专版、栏目设置，如何给长征副刊写稿，以及自己业余文学创作的几点感受。这是一段美好的回忆。我想，对于文学爱好者来说，坚持梦想、坚持爱好、坚持写作是最重要的。记得授课时我最后跟大家讲的是：坚持业余创作，对于一个有着写作梦想的人来说，不亚于一场长征。但只要你坚持下来，总有一天你会瞻望到"天高云淡"的美景，感悟到"分外妖娆"的境界，体会到成功抵达生命本真的快乐。文学的长征，可以丰富人生，可以校正人生，可以改变人生。这也是今天我想对广大业余文学爱好者所说的。

记者：日前，中国作家协会公布了各专门委员会的组成，您作为著名军旅作家，出任了军事文学委员会的副主任。可否请您谈一谈您的文学创作的历程？从业余创作者到著名作家，您有什么样的创作感悟与读者分享？

刘笑伟：今年 3 月 28 日，中国作家协会公布了第十届军事文学委员会组成人员，主任由著名军旅作家徐贵祥出任，朱向前老师、柳建伟老师、裘山山老师和我任副主任。在中国现代文学馆，我看到了这样一段历史：1982 年 9 月 7 日，中国作协成立军事题材文学委员会，巴金任主任委员。由此可见，军事文学历来是中国文学的重要组成部分；部队的作家，历来是我国作家的重要生力军。中国作协设立军事文学的专门委员会，既体现了军事文学本身的重要地位与作用，也体现了中国作协党组对弘扬国家主流价值观和创作主旋律作品的高度重视。与几位文学大家相比，我还属于"小字辈"。我是1990年3月入伍的，入伍后当了新闻报道员，同时也爱好业余文学创作。我入伍后的第一首诗作，就是1990年发表在原北京军区《战友报》上的《夜岗，我面向亚运村》，这首诗抒写了作为一名新兵喜迎北京亚运会的心情。作品寄给《战友报》后，很快就发表出来了。当时自己对于文学比较狂热，每期《解放军文艺》我都必看，也阅读了大量古今中外的文学作品。1992年，我考入原解放军南京政治学院新闻系后，还一直坚持文学创作，当时还出版了诗集《想象力》、长篇纪实文学《梦醒时分》等作品。1995年军校毕业后，我被选调到正在组建中的驻香港部队，有幸见证了香港回归祖国、人民解放军进驻香港的庄严而神圣的历史时刻。这当然也成为我创作的重要源泉，先后创作出版了长篇报告文学《世纪重任》《震撼世界的和平进驻》和诗集《歌唱》等作品。在这个阶段，我在《解放军文艺》杂志发表了不少作品，也多次获得全军"文艺新作品奖"。从驻香港部队交流回内地后，又有幸被选调到原总政办公厅秘书局工作。这段经历和文学创作不太"兼容",但我也比较好地处理了本职工作与业余爱好的关系。在工作中兢兢业业,同时坚持以业余文学创作提高文字水平与思维能力,可以说做到了本职工作与业余创作相互促进、相辅相成。这段时间的创作没有影响本职工作,还结合工作创作出版了长篇政论体散文《中国道路》等作品。2015年,我主动提出到解放军报社任职,由原总办公厅副师职秘书改任解放军报社文化部副主任。这是我继见证了香港回归之后,完成的我人生和事业的第二次"回归"。到军报文化部任职后,事业与爱好高度"重合",也迎来了自己创作的一个小小的高峰,先后创作出版了军旅诗集《强军,强军》《岁月青铜》和长篇报告文学《家·国:"人民楷模"王继才》等作品,也获得了一些军内外的文学奖项。回顾自己30多年的文学创作经历,最深的感触就是"坚持"二字,"坚持"可以使事业开花结果,可以使梦想成真,可以使人生多彩而富于韧性。任何一项业余爱好,只要坚持10年以上,必然可以达到相对专业的水平。

记者: 业余文学创作往往会被误解为"不务正业",从您的经历中,我们最感兴趣的是,您的工作和业余创作是相辅相成的。你是如何做到这些的?

刘笑伟: 是的,可以说在我30多年的业余文学创作中,无论是所在单位还是本部门的领导,都是很支持的,从来没有被人说过"不务正业"。我想，有以下几个原因吧。一是，业余创作的目的是工作。我是报道员出身，要想把新闻报道工作搞得更好，就需要文学的支撑。文学是艺术之母，一切与文字有关的工作都离不开文学的滋养。入伍之后的新闻报道工作，无论是标题的制作、导语的写作，还是细节的刻画，我都注意从文学中汲取营养。后来，军校毕业后在政治机关工作，写材料同样离不开文学功底。领导往往把单位比较重要的事迹材料交给我执笔，因为领导也喜欢生动的、不干干巴巴的文字。二是，必须赢得单位和领导的支持。一定要让单位和领导认识到，文字是相通的，搞好文学创作对于工作是起到促进作用的。也就是说，你的文学创作不仅仅是属于自己的，也是属于单位的。你的创作不是为了自己"出名挂号"，而是为了提高工作能力。提高了个人的创作能力，同时也会提高单位的报道水平和文字水平。同时，要让单位和领导能够看到你扎扎实实的进步，以及这种进步对本职工作带来的影响。只要领导认识和体会到了这一点，就一定会为你的业余创作"大开绿灯"。三是，要内敛，不要外露。这是一条方法论。文学爱好者一般都有点性格，比如容易激动，看问题也相对容易偏激，等等。我的建议是，作为业余文学创作者，性格要沉稳。言多必失，不如只做不说，或多做少说。报道工作的成绩可以多说，文学创作的成绩可以少说。文学，考验的是耐力，磨炼的是性情，滋养的是灵魂，提高的是修养，升华的是情操，真正抵达了高的境界，为人处事就会自然而然地迈向一个新台阶。

记者：我们注意到，进入新时代以来，您发表了大量军旅诗作，并出版了《强军，强军》《岁月青铜》等军旅诗集。用朱向前老师的话讲，"刘笑伟以激情喷发的《强军，强军》和《岁月青铜》两部诗集进一步确立了自己在军旅诗歌界的地位"，请您回顾一下您的军旅诗创作经历。

刘笑伟：我的军旅诗创作大致可以划分为三个阶段。第一个阶段是当战士的时候，这是一个"看山是山，看水是水"的阶段。主要是对战争的认识，对军营生活的素描，对士兵情感的抒发。这个阶段的创作是自发的，也是朴素的，特点是"有感而发，书写直觉"。第二个阶段是军校毕业后坚持业余创作的阶段。因为工作的关系，自己只能坚持业余创作，所以没有对军旅诗有深刻的、认真的、系统的思考，但也开始思考军旅诗背后的深刻意涵。这是一个"看山不是山，看水不是水"的阶段。这个阶段，我记录了一些重大事件。比如记录了人民解放军进驻香港的诗集《歌唱》，记录人民军队在汶川大地震中抗震救灾的抒情长诗《纪念碑》等。这些诗作，开始思考历史事件背后的内涵，但总体上说，这一阶段还没有触摸到军旅诗创作的本质。第三个阶段，就是到解放军报工作之后。由于工作关系，对军旅诗的创作有了比较系统的思考，也相对集中地创作了一批军旅诗作。军旅诗集《强军，强军》和《岁月青铜》都是这个阶段创作出来的。这个阶段又回到了"看山依然是山，看水依然是水"的阶段。这种回归是文学意义上的回归，也是心灵意义上的回归。我写过一篇《新时代与当代军旅诗的发展》的文章，作为《代后记》收入了诗集《岁月青铜》之中，是对这一阶段的一个比较系统的思考。

记者： 最近出版的诗集《岁月青铜》在诗歌界引起了比较大的反响，您觉得人们为什么会对军旅诗感兴趣？

刘笑伟： 是的。《岁月青铜》的出版以及出版后的反响有点出乎我的意料。当时，自己创作了这样一部军旅诗集，没有别的想法，觉得能够出版就可以了。当我把诗集交给出版社后，出版社的领导当即拍板，作为"新时代诗库"的首部诗集出版。"新时代诗库"是中国作家协会《诗刊》社联手中国言实出版社重点打造的诗歌品牌，由吉狄马加、李少君、王冰、霍俊明、陈先发、胡弦、杨庆祥等著名诗人和诗评家组成编委会，旨在推出有新时代意象和美学风范的主题性诗歌创作成果。《岁月青铜》分为四辑，共收入我近两年来创作的诗作77首。这些诗作紧扣强军兴军的主题，既是对军旅生涯的深情回忆，也是新时代人民军队重整行装再出发的生动写照，具有比较鲜明的时代感。诗集出版后，新华社、《人民日报》海外版、《光明日报》和《解放军文艺》等几十家报刊刊发了消息和评论。更令我难忘的是，诗集在网络上也取得了比较热烈的反响。有热心的读者为《岁月青铜》制作了百度词条，豆瓣读书将这本诗集列入了书目。在腾讯网的"华文好书"评选中，该诗集被列入2021年12月的"人气榜单"首位，这是读者在网络上一票一票投出来的。没有边塞诗，盛唐就会失去精神气象。同样，没有新时代的军旅诗，就难以用最充满激情的语言记录和反映我们这支正在迈向世界一流军队的伟大的人民军队。我想，人们对军旅诗的关注，其实更是对人民军队能否实现党在新时代的强军目标的关注；人们对军旅诗的喜爱，其实更是对一种高扬爱国主义和英雄主义旗帜的、雄浑阳刚的、令人热血沸腾的文学作品的热切呼唤。

记者： 新诗诞生已有100多年了。您如何评价这百多年来的新诗创作？军旅诗在新诗创作中处于一个什么样的位置？进入新时代，军旅诗如何走向振兴？

刘笑伟： 一百多年来，中国新诗与时代和社会发展紧密相连，描绘了中国革命和建设波澜壮阔的历程，凝聚起新的精神价值，创作出一大批精品力作，涌现出艾青、臧克家等优秀诗人。作为中国新诗的重镇，军旅诗歌无论是战争年代还是和平时期，都以其刚健、崇高、壮美的审美品格挺立时代潮头，在激励军人弘扬爱国精神、彰显英雄气概、锤炼战斗意志、培育尚武精神、锤炼品格情怀等方面发挥了重要作用。进入新时代，军旅诗对理想价值和民族国家给予了深切有力的观照，在语言形式、审美风格、文本探索等方面也呈现出新的面貌。军旅诗如何走向振兴？我认为，军旅诗首先应当成为强军兴军伟大时代的号角。我们的军旅诗作中，应该让读者听到迈向世界一流军队的铿锵脚步，看到先进武器装备竞相列装的蓬勃心跳，感受到浴火重生的军队的感情迸发。用诗讴歌和记录这个伟大的时代，是军旅诗人的神圣使命，也是军旅诗走向振兴的必由之路。一句话，走向振兴，必须书写时代的风云，必须继承光荣的传统，必须借鉴文明的成果，必须走出艺术上的新路。

记者：作为著名的军旅诗人，你的诗歌创作早已溢出了军旅题材，近年来，创作了《坐上高铁，去看青春的中国》《所有的湖水都安静下来》等诗歌作品，产生了广泛的社会影响。同时，作为优秀的报告文学作家，在长中短篇报告文学创作方面，也屡有斩获。一边是强调自由、抒情，一边是讲究写实、思辨，你是如何处理这两种文体的差异和考验的？

刘笑伟：谢谢关注。刚才提到的两首诗，《坐上高铁，去看青春的中国》《所有的湖水都安静下来》，都是我去年为庆祝建党百年创作的，前者被中国作协列入"百年党史诗歌创作工程"，发表在《诗刊》2021年7月上半月刊的头条。这两首诗都引起了比较大的反响，有至少20多种的各种朗诵版本，在一些晚会、演出中朗诵，还作为优秀作品被制成党史学习教育的微党课在网络上流传。在《所有的湖水都安静下来》一诗中，有"在南湖那光阴磨平的湖面/去体会惊涛骇浪/正如在烟雨楼的烟雾中/寻找浓烈的硝烟/启航之时，这艘红船已完成了对立统一/头顶乌云，又身披着霞光"这样的诗句。我想，"对立统一"是一个哲学概念，也是一个很好的创作概念。诗歌强调自由地抒发想象，报告文学强调的是非虚构的写实，这两者也是可以统一起来的。比如说，诗歌创作同样需要像报告文学一样对现实的宏大思考与深刻把握。比如《坐上高铁，去看青春的中国》一诗，我看似写实（坐上高铁看中国），其实是写意（写的是新时代典型意象和精神风貌），二者对立统一于对新时代细致入微、可感可触的讴歌与赞美。《所有的湖水都安静下来》，写的是南湖的红船，应该是写实的，但我同样借鉴了报告文学的笔法，将红船对于中国历史的重大意义概括出来，从而得出了"红船的红，成为人间/最激动人心的颜色"的结论。可见，自由、抒情也好，写实、思辨也罢，都是文学创作的方法和手段。方法与手段是为目的服务的。只要有足够的驾驭能力，就可以使两种不同的方法在文体中统一、和谐起来。

记者： 在解放军出版社出版的《家·国："人民楷模"王继才》这部长篇报告文学的写作中，你运用了跨文体写作的手法，去描写开山岛和王继才，使得人与岛的形象合而为一。以您的创作体会，如何能将英模典型人物写得可信、可亲、可敬、可学？

刘笑伟： 创作反映"时代楷模"王继才的报告文学，是上级交给的任务。2019年初，我领受任务后曾陷入了深深的苦恼之中。因为这个典型人物是一位普通的民兵，故事发生的地点是两个足球场大小的开山岛。一个人，一座岛，32年，升旗、巡逻、记日志……周而复始。怎么写？运用什么样的结构？如何才能使人物的形象不失真？于是，利用业余时间，我搜集了20多万字的文字材料，后又利用休假时间，两赴开山岛采访，还到天津、南京、连云港等地采访了王继才的子女和他的亲朋好友。有了比较深入扎实的采访，让我对主人公有了比较深刻的认识。过了采访关，还要过构思关。于是第二个难题出现了，作品采用什么样的结构？对于一部长篇报告文学，作品的结构或许是最重要的。在构思作品的结构方面，我费了很大的心思。难在哪儿？空间太小，王继才夫妇在一个小岛上生活了32年，可以说每天面对的几乎都是同样的事情。报告文学不能成为流水账，于是我想到了诗的结构，就是"岛—家—

国"，这样层层递进。在作品中，我还尝试了跨文体写作，在作品中有机融合了新闻、小说、散文、诗歌等多种文体要素，使文本兼有小说的悬念、新闻的简洁、散文的抒情、诗歌的灵动。如何能将英模典型人物写得可信、可亲、可敬、可学？首先，采访要扎实，这是英雄模范人物写作的基本功。只有采访扎实，才会找到人物的性格与命运的发展逻辑，从而寻找到进入写作之门的"原始密码"。其次，写作要真实。不要担心作品的思想水平上不去，也不要担心读者理解不了，更不要人为地去拔高。在《家·国："人民楷模"王继才》的写作中，我真实讲述了王继才作为普通人，面对坚守时的犹豫、彷徨与退缩，并没有影响人物形象的塑造。再有，要学会讲故事。同样一个故事，讲得让人听得进、喜欢听，才会有吸引力、感染力。《家·国："人民楷模"王继才》的故事，我采用了多视角叙述的方法，主要通过王继才的家人、朋友之口，讲述英雄的故事。从岛写到家，从家写到国，既有主线，也有跳跃；既有写实，也有写意。这样，使得英雄人物的塑造更加丰满，也更加可信、可学。

  记者： 您的另一部长篇报告文学《紫荆卫士》刚刚出版，这是近年来继《家·国："人民楷模"王继才》之后，你的又一部长篇报告文学作品。《紫荆卫士》是一部全面回溯 1997 年驻香港部队进驻香港历史图景的报告文学，在书中，你生动描摹了自己选调进入驻港部队并随部队进驻香港的全过程，深情回望了在驻港部队扎实奋斗的青春岁月，详细叙写了驻港部队从组建到进驻再到长期驻守的方方面面和点点滴滴。书中有很多珍贵的资料和个人的收藏，都是难得见到的，这也使得这部作品具有历史和文学的双重价值。请您谈一谈这部报告文学的创作情况吧。

刘笑伟：人物在历史中才会有神采。作为香港回归祖国、人民解放军进驻香港的亲历者，我一直想写一部反映驻港部队进驻香港前前后后的故事。经过多年的酝酿与准备，终于在《中国作家》杂志和百花文艺出版社的鼓励下得以完成。《紫荆卫士》以亲历者的视角，讲述了人民解放军进驻香港前后发生的动人故事。比如，进驻香港的准备、整个进驻惊心动魄的过程，以及进驻后在不同于内地的社会制度下依法履行防务职责的故事。其中，有很多是鲜为人知的。通过这部作品，我讴歌了驻香港部队官兵的爱国情怀、过硬本领、守法意识和无私奉献的精神，揭示了只有在中国共产党的领导下，人民解放军才得以完成祖国赋予的神圣使命。这些带有传奇色彩的故事，也彰显出青年官兵只有把个人的命运融入国家和民族的命运，勇于担当、接受淬炼、提高本领，才能创造出生命的奇迹，在时代大潮中唱响青春之歌。这也是我想通过这部作品告诉广大读者的主题思想。

记者：你作为驻港部队的首任新闻干事，又是南政院新闻专业毕业的高才生，新闻报道是你的工作也是你触摸这段历史的天然视角。然而与此同时，你又有诗人的视角，这使得作品显得非常独特。我注意到，这部作品被列入了中宣部 2021 年重点主题出版物。您在这部报告文学创作中，是如何处理新闻性与文学性之间的关系的？

刘笑伟：是的。中宣部下发了通知，公布了"2021 年主题出版重点出版物选题"170 种（其中图书选题 145 种），百花文艺出版社申报的长篇报告文学《紫荆卫士》一书成功入选。这也是对军事题材作品的一种鼓励。兼具新闻性与文学性，本身就是报告文学的文体要求。报告文学要书写时代画卷，反映事物的本质，这就需要作者通过新闻的手段去发掘意义、寻找素材。同时，报告文学之所以成为文学，是因为必须运用形象思维，运用形象化的方法反映时代和生活。它必须塑造鲜明的人物形象，运用典型的生活场景，书写具体可感的时代元素。因此，报告文学的构思必须是艺术的，结构必须是精致的，语言也必须是文学的。这些要求，使得报告文学这一文体，必须很好地融合新闻性与文学性。简而言之，当好了记者和诗人，就具备了成为优秀报告文学作家的潜质。

记者：作为中国作家协会全国委员会的委员，您经常讲到军事文学的重要性。您是如何认识这种重要性的？

刘笑伟：文艺事业是党和人民的重要事业，文艺战线是党和人民的重要战线。在革命、建设、改革各个历史时期，那些经典的文学作品，为我们党团结带领人民实现民族独立、人民解放、国家富强、人民幸福作出了重要的贡献。军事文学高扬爱国主义和英雄主义旗帜，以其威武雄壮的旋律成为中国现代文学的重镇。概括来讲，军事文学之所以重要，因为她是铸魂育人的，也是塑造价值观的，更是形成行为准则的重要精神力量。人民军队要实现党在新时代的强军目标，需要军事文学发挥巨大的价值引导力、文化凝聚力和精神推动力。同时，国家的主流价值观，也需要军事文学作为先锋力量、中坚力量参与构建和推动，这就是中国作家协会历来重视军事文学的重要原因。再有，

军事文学是一切军事艺术之母，搞好军事文学创作，可以推动很多艺术门类的创作水平。比如军事题材影视作品，之所以不时出现一些被人诟病的"神剧"，我认为没有好的文学"母本"是其中的重要原因之一。

记者：从您个人创作的体会来总结回顾军事文学创作，您觉得，进入新时代后，军事文学如何更好地发挥作用，服务强军兴军伟大事业？

刘笑伟：这个话题很有针对性，也很重要。我认为，一要明确坐标。也就是找到新时代军事文学所处的历史方位。进入新时代，军事文学理应成为宣传党的方针政策和

习近平强军思想的有力武器，成为服务备战打仗的重要精神力量，成为反映官兵精神风貌、激励官兵士气的有效法宝，成为融入作战链条、服务战斗力生成的重要一环。同时，也要成为国家构建主流价值观、讲好中国故事的重要力量。二要有所作为。有"为"才有"位"。我常常讲，谁能够在新时代写出像《高山下的花环》这样影响几代人的经典作品，就一定会在军事文学史上留下自己的身影。当前，军事文学创作队伍由于体制编制调整、新老交替等原因，暂时处于低潮，但越是在这样的时刻，越是能够更大地发挥作用。我相信，只要有强军兴军伟大事业，只要有军营这块丰厚的创作沃土，军事文学一定能够再现辉煌。三要转变作风。必须把听党指挥作为最高的政治品格，把服务强军、服务基层、服务官兵作为最根本的艺术追求，向前辈作家看齐，以深厚的文学修养、高尚的道德情操、扎实的工作作风，扎根火热的军营生活，讲好新时代的强军故事。唯有如此，才能更好地发挥军事文学的作用。

（原载《陆军文艺》2022 年第 4 期）

刘笑伟：吟咏家国情怀，抒写新时代的军旅雄风

□中央广播电视总台记者　郝志宏

上

中央人民广播电台《军旅人生》系列人物专题《讲好强军故事 吹响强军号角》，今天为您播出《刘笑伟：吟咏家国情怀，抒写新时代的军旅雄风（上篇）》。采制：央广军事记者郝志宏。

刘笑伟，中国作家协会第九、第十届全委会委员，中国作协军事文学委员会副主任，十四届全国政协委员，现

任国防大学军事文化学院副院长。从军30多年来，他用心用笔忠诚记录人民军队的辉煌历史，生动展现铁血军人的家国情怀，先后出版了《岁月青铜》《强军 强军》《家·国："人民楷模"王继才》等20余部著作，荣获第八届鲁迅文学奖，第七、第九届全军文艺新作品奖，第十一届全军文艺优秀作品奖，第八届徐迟报告文学优秀作品奖等多项文学大奖。

（刘笑伟朗诵诗歌《老连队》："岁月多像一个巨大的魔盒，记忆也是如此，打开第一层是风，攥着飞扬的沙子，第二层是雨，紧握一些雷霆……"）

2023年五一节刚过，记者见到了第八届鲁迅文学奖诗歌奖获得者、著名军旅作家刘笑伟。谈起自己从事文学创作的历程，刘笑伟回忆说，最初正是凭借写作方面的特长得以顺利参军，而此后又因为军旅经历，才让他的诗作有了家国意识、英雄情怀，有了一种青铜般的光泽。

刘笑伟：我的家在河北石家庄市桥西区，应该说石家庄的本地驻军很多，所以从小就接触了很多包括军校的场景、部队训练的场景，当时就对解放军的形象感觉到很神圣。我记得那年有招兵的人，因为当时我实际上写作比较早，初中的时候就开始发布作品，到高中的时候已经有自己的诗集出版，当时那个接兵的人，就是北京卫戍区的，还是挺感兴趣，就这样后来就入伍了。

1990 年，19 岁的刘笑伟携笔从戎来到北京卫戍区某团，新兵训练结束后不久，被选调到原军事教育学院宣传处担任报道员。那段时间里，在认真做好宣传工作的同时，刘笑伟几乎把业余时间都用来读书、写诗。当时很多战友不理解他，觉得大好时光，怎么天天憋在房间里写诗，但刘笑伟自己却乐在其中。因为他真心热爱诗歌创作，他也相信，坚持下去，必有所成。

刘笑伟：当时中央人民广播电台的一个老同志，应该是个老军事记者，他跟我说过，他说一个人有爱好不容易，你要把你的爱好一辈子坚持下去必有所成，所以他这个话我一直记得。当时我是报道员，那时候我还写诗，他就觉得这个爱好很好，就跟我说这样的话，所以我一直记得这句话。

刘笑伟出生在书香世家，受家庭影响，从少年时起他就很喜欢文学，喜欢读诗，尤其是古典诗词，后来，日积月累便开始尝试着自己写诗并投稿。刘笑伟告诉记者，文学源自生活，有真情实感才能写出有灵魂的诗歌，所以入伍后，身为军人的他笔下的诗歌很自然变成以军旅诗为主。

刘笑伟：现在我还记得我上小学的时候，大概二三年级的时候，读了大量的唐诗、宋词，我小学四年级就能够把李白很长的《蜀道难》背下来，我现在还能很熟练地背诵。由喜欢阅读，到后来自己尝试着写，我一开始写的也是旧体的诗词，当时也有投稿。

记者：您还记得发表的第一篇军旅题材的诗歌是什么吗？

刘笑伟：我的第一篇军旅作品是1990年入伍以后，1990年正好赶上北京的亚运会，当时很有感触，我写了一首小诗叫《夜岗，我面向亚运村》，投给了当时北京军区的《战友报》，很快就发表了，可能题材编辑也觉得挺好，因为是一个新兵、一个战士站岗时候的一些感触。

绿色军营为刘笑伟提供了创作素材，也激发了他的创作灵感，也让他更加热爱自己身上的绿军装。于是，当战士的时候，刘笑伟逐渐有了一个梦想，那就是考军校、当军官，让自己在从军路上一直走下去。有梦想，才有远方。1992年，刘笑伟凭借着出色的工作表现和扎实的写作功底，如愿考上原解放军南京政治学院军事新闻系。走进大学校园以后，他如饥似渴地阅读、夜以继日地创作，汲取了大量专业知识，对未来也有了更多的憧憬。

刘笑伟：当时心思还比较专一，也就是勤奋地写作、勤奋地学习。军校的生活，打开了另一扇窗口，真正在大学的院校里掌握知识这样一个窗口。当时的南京政治学院也确实培养了大批的人才，在各个领域都出了很多人才，包括我们新闻系培养了好几个获得鲁迅文学奖的作家，我记得当时系统地学习了新闻写作方面的知识，而且自己最喜欢去的也是图书馆，所以那个时候积累了大量的知识，写了很多诗作，也有诗作在包括《解放军文艺》等刊物上发表。

星光不负赶路人，江河眷顾奋楫者。1995年临近毕业时，一个机遇出现在刘笑伟面前，组建驻香港部队要从全军院校里遴选应届毕业生。经过层层推荐、筛选、考核，最终在原南京政治学院新闻系95届毕业生中只有刘笑伟和另一位同学成功入选。回忆起在驻港部队走过的岁月，刘笑伟动情地说，那十年时光已经深刻隽永地铭刻在他的生命中。

刘笑伟：当时驻港部队在深圳训练的时候，军营里都种着紫荆花树，虽然不是很高，但是很漂亮，这个就是军营的特色，印象特别深刻。另外就是暴雨、大雨。因为当时我们进驻香港的前后，从6月底开始，一直在下雨，有的战友数了一下连下了15天，仿佛代表了中华民族150多年的屈辱史，当时割让香港正好是150多年，在我们这一代军人手里边，实现了恢复对香港的主权，应该说是扬眉吐气；进驻香港以后，驻香港部队官兵的模范表现、遵纪守法的良好形象，香港市民反映都非常好。有一些小事，比如我们的战士开车前面有野生动物，比如蛇，就停下来，因为当时像我们的军营有很多野生动物，大家保护得也很好。当时营区里的标语、口号，包括"驻雄师劲旅，扬国威军威"至今还记忆犹新。

1995年到2005年，刘笑伟在驻港部队政治部宣传处和深圳基地政治部工作，作为驻香港部队首任新闻干事，他承担了大量对外宣传报道任务，这也为他的文学创作积累了丰富的素材。在这十年里，刘笑伟笔耕不辍，先后发表了诗集《美丽的瞬间》《表情》《想象力》，长篇报告文学《梦醒时分》《世纪重任》，主编了《祖国，请检阅》《神圣的进驻》《神圣的使命》等新闻作品集，为弘扬爱国精神、彰显英雄气概、展示驻港部队威武之师、文明之师的良好形象发挥了重要作用。

刘笑伟：当时驻香港部队报道，基本都是我参与组织和撰写的。这一段岁月应该说对于我的写作也好，对于我的人生经历，都很重要，以至于我一直到现在，每隔一段时间，都会在梦中回到跟驻香港部队相关联的场景。

2006年，刘笑伟离开驻港部队调到军委政治机关工作，尽管工作非常繁忙，经常加班加点，但他仍利用业余时间坚持文学创作，不断推出精品力作。采访中，谈起如何兼顾本职工作与文学创作，刘笑伟微笑着说，其实并不矛盾，时间都是挤出来的，唯有热爱和坚持可以战胜一切困难。在他看来，写作也是一种冲锋，需要用心去写，多写真挚的作品，去占领一座又一座阵地，把精神之旗插在时代之巅，让更多的人聆听到、感受到新时代的军旅雄风。

刘笑伟：我觉得写作就是长征，每个写作的都会遇到很多困难，一定会遇到自己的娄山关，自己的腊子口，自己的雪山草地，但是如果你坚持下来，一定会迎来自己的云淡风轻，迎来自己的红旗漫卷西风。包括业余创作，会产生很好的东西出来，我一直在说未来真正能够流传的，能够成为经典的军事文学作品、军旅诗，可能不是专业的创作人、专业人员写的，而是由我们的基层官兵写出来的，有可能是导弹发射号手，也有可能是我们基层的营长、指导员，只要他们继承了我们中国军旅文学的优秀传统，我觉得他一定会写出优秀的军旅文学作品、军旅诗作。

下

《军旅人生》系列人物专题《讲好强军故事 吹响强军号角》，今天为您播出《刘笑伟：吟咏家国情怀，抒写新时代的军旅雄风（下篇）》。采制：央广军事记者郝志宏。

刘笑伟朗诵诗歌《老连队》："打开这最后一层时，我流泪了，这就是我的老连队，里边住着我的青春，我的骨头在这里，经过那段岁月后，也晶莹剔透，闪闪发光，并且时常铮铮作响……"

2023年是延安鲁迅艺术学院成立85周年。讲起去延安参加鲁迅艺术学院成立85周年纪念大会的感受，刘笑伟的激动之情溢于言表。他说，鲁迅艺术学院在烽火硝烟中诞生，是新中国文艺事业和很多文艺单位的"源头"，作为鲁迅文学奖获得者，这次能有幸去鲁院参观学习，对自己来说意义非凡。

刘笑伟：当时我们党在那么艰苦的条件下还那么重视文艺工作，在那种条件下，到处是封锁，还办起了这样的艺术院校，真的特别不容易。从我个人来说，作为一个鲁迅文学奖的获得者，又回到鲁迅艺术学院，包括鲁迅先生的长孙周令飞也去了，见到鲁迅的后人，我觉得应该是很有意义的。

【现场音】鲁迅文学奖颁奖现场：刘笑伟的《岁月青铜》弘扬政治抒情诗的优秀传统，诗意诚挚、旋律豪迈，抒写强军壮歌，吟咏家国情怀。

2022年8月25日，第八届鲁迅文学奖获奖名单揭晓，刘笑伟的诗集《岁月青铜》荣登榜单。那天，亲朋好友几百条祝贺短信如潮水般涌向刘笑伟，他在微信朋友圈写下了这样一段话作为回复："鲁奖诗歌奖与其说是颁给了《岁月青铜》，不如说是颁给了所有坚守在业余文学创作阵地上的军旅诗人，更不如说是颁给了诗中所折射出的新时代强军事业和中国军人昂扬向上的精神。"刘笑伟告诉记者，对他而言，荣获鲁迅文学奖的最大意义就在于，时刻提醒他要在军旅诗的创作上不断前进，创作出无愧于伟大时代、无愧于强军兴军事业、无愧于广大官兵期待的优秀军旅诗作。

刘笑伟：应该说新时代新在哪里呢？党的十八大以后，召开了古田全军政治工作会议，人民军队浴火重生，凤凰涅槃，重整行装再出发。这是一个全新的气象，这些变化大家都深有感触，所以，在这样的时代里边，还需要文艺文学作品来反映，一个作家如果作品里面没有时代气息，没有时代的风云之气，应该说不能算一个能够在历史上、文学史上，留下自己印记的作家。

获奖诗集《岁月青铜》共收录了刘笑伟从 2019 年到 2021 年创作的 77 首诗歌。彼时，刘笑伟已经调任《解放军报》文化部主任，新的工作岗位让他有更多机会走近火热的一线部队，接触到可亲可爱的基层官兵，点燃了他创作的激情和灵感，迎来了一个创作的高峰期。这些诗作紧扣强军兴军的重大主题，展示了新时代军人的家国情怀和侠骨柔肠，也记录下自己军旅生涯的深情回忆，因此，刘笑伟给这部诗集起名为《岁月青铜》。

刘笑伟：我说"因军旅而青铜"，它实际上在记录我的军旅生活，而军旅生活对于我来说，感觉它像具有金属的质感，所以这个叫《岁月青铜》，这是纪念意义。另外还有一种时间意义，因为岁月本身是一个时间的词汇。青铜器在我们的国家是最古老的一种，有一种久远感、永恒感，实际上也是我所追求的一种效果，把自己的军旅生活场面永远留在文字中，我也希望能够流传下去，像青铜一样。

翻开诗集《岁月青铜》，里面全都是铁马秋风、战地黄花、楼船夜雪、边关冷月的意象，让人读起来真的能从字里行间感受到时代的"风云之气"，十分酣畅淋漓。正如刘笑伟所言，紧跟时代风云，高扬爱国主义和革命英雄主义的主旋律，从时代的脉搏中感悟军旅的脉动，敏锐地捕捉并表达自己独特的生命感受，是他始终所追求并坚守的创作理念。

刘笑伟：你如果能够把别人看着没有任何新意的东西反映出来，用一种新鲜的表达方式表达出来——我有时候用一个词叫"点石成金"，"点金成诗"——能够在最普通的事物中发现它的不普通，在平凡的事物中发现它的不平凡，在看似微弱微小的事物当中，内部能够看到它发出的光芒，我觉得这样的诗人才是合格的，也是能够打动人心的。

刘笑伟创作的军旅诗歌很多都有着极强的现场感，从黑河到青海湖，从朱日和到西沙岛礁，行走在一座座军营、一个个边防哨所，亲眼所见、亲身感受过之后，刘笑伟将这些真实且深刻的感悟倾注于字里行间。在采访中，谈起诗歌《描红》的创作经历，刘笑伟动情地说，当他站在西沙岛上看到刻在礁石上的"祖国万岁"四个大字时，禁不住热泪盈眶。

刘笑伟： 海面上一个礁石，很陡峭，垂直的，所以我就说在上面刻字仅有钻头、锤子和刻刀是不行的，必须有舍生忘死的爱，必须有彻入骨髓的孤独，因为他守卫这个地方。后来我了解这个战士等于是让人用背包绳把腰捆起来，垂直地吊下去，他拿着刻刀在上面一下一下刻字，底下就是海，"祖国万岁"四个字，战士们用红笔描红。"用了一代代的士兵忠诚热血里最隐秘的那种红，最无悔的那种红，汗珠和血液提纯出的那种红，忠诚和大爱冶炼出的那种红，仅仅一滴就会让军人沉醉的那种红"，我觉得表达的是一种中国军人对祖国刻骨铭心爱的感觉。

作为一名军旅作家，刘笑伟不仅用诗歌记录时代，还创作出版了《震撼世界的和平进驻》《又见紫荆花儿开》《世纪重任》等多部长篇报告文学。2019年，他撰写的报告文学《家·国："人民楷模"王继才》出版发行，在社会上引起强烈反响。这部作品兼有小说的悬念、新闻的简洁、散文的抒情和诗歌的灵动，没有就事论事讲述王继才的守岛事迹，而是将文字触角伸展到王继才及其家人的内心灵魂深处，让读者深切感悟到人物平凡命运中的悲壮和坚韧，并从中汲取到奋进力量。说起这部报告文学，刘笑伟坦言，在采写过程中遇到很多困难，但王继才可贵的精神和人性的光辉激励着他，必须攻坚克难，不负使命。

刘笑伟：2019年春节前后正式领受任务，当年就要采访，就要写出来，时间很急，当时他的子女有在天津上学的，有在南京的，我就去采访，然后又到了开山岛，在开山岛的附近采访了很多人，写作这段经历，因为很急，工作又很忙，基本上都在晚上10点到凌晨1点，相当于天天值夜班，后来熬夜实在是扛不住了，就变成早起，早晨5点到7点，持续了将近半年时间。我觉得王继才的精神，是最能感染我的，他32年守在两个足球场那么大的一个小岛上，最开始是他一个人，后来是夫妻两个人。后来我看着开山岛带有色彩，带一种金色——像黄金——的一个小岛，有时候遇到困难，我就想人家一个人32年守在一个岛上，你这点暂时的困难算什么。

通过聊天漫谈，记者真切感受到，刘笑伟看似平静、儒雅的外表下实则有着一颗波澜壮阔、充满豪情壮志的心。正因如此，他才能写出具有"风云之气"的新时代强军壮歌。如今，因工作需要，刘笑伟从解放军报社被调到军事院校工作。面对新岗位新征程，刘笑伟语气笃定地说，他在做好教学、科研任务的同时，还会继续用心用笔记录下人民军队在强军兴军征程中砥砺前行的铿锵步伐，创作出更多更好的书写时代精神、展现家国情怀的军旅文学作品。

刘笑伟：文化的力量是最深沉的、最持久的，能够对人的心灵产生作用，从而影响人的价值观。实际上，文化的作用是润物无声的作用，应该说对于我们的爱国主义精神的培养，包括对革命英雄主义的培养、战斗精神的培养、血性的锻造等等，我觉得都有很重要的作用。我觉得有很多新的东西可以写，我相信有时间的话应该能写出来，写自己更满意的、在艺术上也更加成熟的一部作品。

（中央人民广播电台《国防时空》节目
2023 年 5 月 15 日、22 日播出）